BASTEI
LÜBBE

THEODOR J. REISDORF IM TASCHENBUCH-PROGRAMM:

13 886 Das Dünengrab
13 997 Deiche, Dünen, Friesenmorde
14 226 Tod vor Borkum
14 525 Friesischer Tod
19 525 Friesen-Morde
19 540 Du sollst nicht begehren …
19 574 Tödliche Teestunde
19 580 Die Tote vom Nordstrand
19 600 Noch mehr Friesenmorde
19 602 Mord im Fischerhafen
10 609 Todestörn vor Juist

THEODOR J. REISDORF

Die Tote vom NORDSTRAND

Roman

BASTEI LÜBBE

BASTEI LÜBBE TASCHENBUCH
Band 19 580

1. Auflage: November 1993
2. Auflage: Juni 1995
3. Auflage: Juli 2000
4. Auflage: Dezember 2002

Vollständige Taschenbuchausgabe

Bastei Lübbe Taschenbücher ist ein Imprint
der Verlagsgruppe Lübbe

Originalausgabe

Titelfoto: Mall-Photodesign
Umschlaggestaltung: Dieter Kreuschauff
Satz: Fotosatz W. Steckstor, Rösrath
Druck und Verarbeitung:
Clausen & Bosse, Leck
Printed in Germany
ISBN 3-404-19580-9

Sie finden uns im Internet unter
http://www.luebbe.de

Der Preis dieses Bandes versteht sich einschließlich
der gesetzlichen Mehrwertsteuer.

1

Willy Achtendorf verließ den Speisesaal. Er war enttäuscht. Nur Zasimet, das türkische Mädchen, das sie bedient hatte, war der einzige Lichtblick in dieser steifen, gutbürgerlichen Umgebung gewesen.

Norderney enthielt ihm die Farben, die der Reiseprospekt versprochen hatte, vor. Er hatte sich den Beginn seiner Kur anders vorgestellt.

Auf seinem Zimmer kam er sich verlassen vor. Nachdem er ein Bier getrunken hatte, begab er sich zu dem einfachen Holzschrank. Er entschied sich für den warmen Wettermantel und verließ unzufrieden das Haus Theresenhöhe. Die Aufenthaltsräume waren leer. Auch die Leiterin, Frau Fortema, saß nicht in ihrem Büro, als er das Sanatorium verließ.

Nieselregen setzte ein.

Achtendorf zog den Mantelkragen hoch, schritt im Licht bunter Neonreklamen an vornehmen Hotels und Pensionen vorbei und näherte sich dem Geschäftsviertel. Die Moltkestraße lag seitlich von ihm. Einige Bäume spiegelten im Regen das Licht der Straßenleuchten. Er entdeckte eine Telefonzelle. Er konnte zu Hause anrufen.

Sie war besetzt.

Vor dem Fenster einer Buchhandlung blieb er stehen.

Plötzlich vernahm er ein lautes Bersten. Glas zersplitterte. Erschrocken drehte er sich um und hastete in die Knyphausenstraße. Er suchte Schutz hinter einem Baum und beobachtete zwei Männer, die dabei waren, in aller Eile das Schaufenster eines Juwelierladens auszuräumen.

»Halt! Bleiben Sie stehen!« rief er und verließ die Dunkelheit seines Versteckes.

Die Räuber trugen Jeans und Lederjacken. Um ihre unteren Gesichtspartien hatten sie Tücher gebunden.

Für Sekunden stierten sie in seine Richtung. Während der eine sich um die Beute kümmerte, zog der andere eine Pistole.

Achtendorf erkannte die Gefahr und ließ sich auf den Boden fallen. Er sah das Aufblitzen des Mündungsfeuers. Das Geschoß zischte an ihm vorbei.

Die Ganoven flüchteten über die Beenke Straße in die Goetheallee.

Achtendorf sprang auf und folgte ihnen. Außer Atem beobachtete er, wie sie in einen Wagen stiegen und mit quietschenden Reifen losfuhren.

Es gelang ihm nicht, das Autokennzeichen zu entziffern. Niemand außer ihm schien den Vorfall bemerkt zu haben. Er ging zurück zur Telefonzelle, die immer noch besetzt war.

»Hängen Sie ein! Hier wurde ein Einbruch begangen!« schrie er.

Achtendorf benachrichtigte die Polizei und wartete geduldig vor dem Juweliergeschäft.

Mit dem Auftauchen des Blaulichtes erschienen auch die ersten Neugierigen. Achtendorf lieferte den Beamten einen druckreifen Zeugenbericht und verließ mit angegriffenen Nerven den Schauplatz.

»Scheiße«, brummte er. Hastig kehrte er ins Sanatorium zurück. Ihm war alles zuwider.

Die schwachen Flurleuchten brannten. Niemand begegnete ihm.

Nur die Gräfin von Akazienhain starrte im Fernsehzimmer auf die Mattscheibe.

Sie nahm keine Notiz von ihm. Vor ihr stand ein geleerter Cognacschwenker.

Achtendorf ging in die Küche, er notierte seine Zimmernummer auf die Liste, entnahm dem Kühlschrank eine Flasche Bier, griff nach einem Glas und setzte sich zu der Gräfin.

Ohne den Blick vom Fernseher zu nehmen, sagte sie:

»Heilung unter Hypnose! Der Patient berichtet aus einem früheren Leben!«

Achtendorf hörte ihre Worte, doch sie glitten an ihm ab. Er suchte kein Gespräch; im Moment war er einfach froh darüber, daß jemand in seiner Nähe war. Er trank sein Bier und stierte vor sich hin.

Die Sendung hatte wohl das Ende erreicht. Gräfin von Akazienhain drückte die Taste der Fernbedienung. Wie ein junges Mädchen frohlockte sie:

»Herr Achtendorf, oft habe ich das Gefühl, schon einmal gelebt zu haben. Der Professor hat es bestätigt!«

»Gräfin, das Gebiet ist für mich neu. Vor wenigen Minuten hätte ich beinahe mein Leben verloren! Einfach peng und aus!« sagte er zynisch.

Die Gräfin erhob sich und drückte den Lichtschalter der kleinen Wandleuchte.

»Sie sind ja ganz durchnäßt und voller Schmutz!« rief sie entsetzt.

»Gräfin, die Kugel eines Gangsters hat mich nur knapp verfehlt«, sagte er und holte tief Luft.

»Herr Achtendorf, kommen Sie mit auf mein Zimmer. Ich muß Ihnen den Mantel wieder herrichten«, antwortete die Gräfin.

Er fühlte, wie ihre Hand behutsam über sein kurzgeschnittenes Haar glitt. »Danke für Ihr Mitgefühl, Gräfin«, sagte er, lächelte höflich und ging zum Aufzug.

»Guten Morgen Herr Stadtdirektor«, rief ihm die Dame zu, als er den Frühstücksraum betrat. Sie sah wie eine aufgetakelte Schauspielerin aus. Er setzte sich zu den alten Damen an den Tisch. Er hatte keine andere Wahl. Man hatte ihm diesen Platz zugewiesen. Er langte nach einem Brötchen.

Zasimet brachte ihm den Kaffee. Sie sah süß aus.

»Das war sehr mutig von Ihnen«, sagte Frau von Windbach.

»Tot hätte er hier sitzen können«, stöhnte Gräfin von Akazienhain auf.

»Diese Verbrecher! Das gab es zu unserer Zeit nicht!« schimpfte Frau Dr. von Keppler und betrachtete Achtendorf wie einen Helden.

»Gräfin, Sie haben geplaudert«, stellte Achtendorf mit einem bösen Unterton fest. Er beobachtete, wie Harry Kühnast Frau Hansky an ihren Tisch schob, dann seinen Platz an einem anderen Tisch einnahm. Mit eisigem Gesicht saß die Witwe in ihrem Rollstuhl und begann mit eckigen Bewegungen ein Brötchen zu teilen.

Achtendorf beugte sich vor.

»Ist Herr Kühnast der Diener von Frau Hansky?« fragte er leise.

»Sie müssen sich schon lange kennen«, flüsterte die Gräfin.

Frau von Windbach hüstelte. Sie hielt ihre Hand vor den Mund und flüsterte:

»Harry Kühnast ist ein geschickter Vermögensberater! Sein Spezialgebiet sind Häuser und Eigentumswohnungen.«

»Das Wetter fängt sich«, sagte Achtendorf locker und kümmerte sich um den Rest seines Frühstücks.

»Herr Achtendorf, im Kurpark beginnen sich die Stiefmütterchen zu entfalten. Der Springbrunnen ist in Betrieb«, sagte Frau von Windbach fröhlich.

»Waren Sie schon beim Professor?« fragte die Gräfin erwartungsvoll.

»Nein, meine Kur beginnt erst in wenigen Minuten, wenn ich ihm medizinische Rätsel aufgebe«, scherzte Achtendorf und erhob sich.

»Er ist ein wundervoller Mensch!« schwärmte Frau Dr. von Keppler.

»Meine Damen, Sie entschuldigen mich!« sagte Achtendorf und verließ den Speiseraum.

Professor Doktor Juskow entpuppte sich als ein Mann, der Energie ausstrahlte. Seine Gesichtszüge verrieten Bildung, sein weißer Kittel spannte sich straff über seinem Bauch, und seine Augen schienen die Patienten zu durchleuchten.

Ohne Achtendorf zu Wort kommen zu lassen, diktierte er bereits seinen Befund in den Stenoblock seiner Helferin.

Achtendorf sah zu, wie die untersetzte Schwester Christine die Seiten füllte.

»Herr Achtendorf, oft bestimmen Rückstände aus früheren Leben unser diesseitiges Wohlbefinden. Deshalb schlage ich Ihnen eine Reinkarnationstherapie unter Hypnose vor«, sagte Professor Juskow mit überzeugter Stimme.

Achtendorf zuckte leicht. Ihm fiel die Gräfin ein.

»Sie glauben doch wohl nicht im Ernst, daß ich schon einmal gelebt habe?« fragte er verwirrt.

»Herr Achtendorf, Sie scheinen zu den wenigen Unwissenden zu zählen. Gut! Zur Wiederherstellung Ihrer Gesundheit bediene ich mich deshalb eines traditionellen Kurplanes. Unsere jod-, brom- und salzhaltige Luft wird die aufbauenden Anwendungen unterstützen.«

Professor Juskow schaute ihn an, als hätte er es mit einem Sonderling zu tun. Er setzte sich an seinen Schreibtisch, malte Kreuzchen in einen Computerbogen und reichte ihm diesen hinüber.

»Erholen Sie sich gut«, sagte er lächelnd.

Bis zum Kurhaus war es nicht weit. Achtendorf legte der Gesundheits-Hostess, die mit antrainiertem Lächeln für Norderney warb, den Bogen vor.

Sie strahlte ihn an, als wäre er ein Auserwählter, während die Juskow-Kreuzchen einem Computer Rechenoperationen abverlangten.

»Die Rechnung stellen wir Ihnen zu«, hauchte sie, reichte ihm ein postkartengroßes Briefchen und zeigte auf einen grauhaarigen Mann in Weiß, der sich seiner annahm.

Sie schritten über einen langen Flur an vielen Türen vorbei.

Der Bademeister schickte ihn in eine Kabine. Achtendorf zog sich aus und lag Sekunden später bereits wie eine Mumie verpackt in heißem Schlick.

Er konnte durch ein Fenster in den Kurpark blicken. Die Sonne schien auf die blauen Stiefmütterchen, von denen die seltsame Gräfin so geschwärmt hatte.

Eine verrückte Gesellschaft, in die ich da geraten bin, dachte er.

Achtendorf fiel in einen leichten Schlaf, aus dem ihn der Mann in Weiß weckte.

Die Kur hatte begonnen!

Er ließ sich aus dem verschwitzten Laken schälen und in einer gefliesten Ecke vom Bademeister abspritzen. Danach zog Achtendorf sich an und schlenderte zur Wandelhalle.

Die Kurkapelle spielte vor halbvollen Rängen. Achtendorf setzte sich auf eine seitlich stehende Bank und studierte die Besucher.

Er sah seine Tischnachbarinnen, die entrückt den Klängen der Musik lauschten.

Vorne in der ersten Reihe entdeckte er Harry Kühnast. Er saß aufrecht. Neben ihm stand der Rollstuhl. Frau Hansky hielt seine Hand. Beide genossen die Faust-Ouvertüre.

Erschrocken fuhr Achtendorf zusammen, als er eine schwere Hand auf seiner Schulter fühlte.

Überrascht schaute er in das mit Schminke eingekleisterte Gesicht der aufgetakelten »Schauspielerin«.

»Herr Stadtdirektor, erwische ich Sie dabei, wie Sie die Hausgäste beobachten?« fragte sie. Ihre Augen waren weit geöffnet und ihr Blick durchdringend.

»Mögen Sie keine Musik, Frau Wellmann?« fragte Achtendorf.

»Musik schon, aber nicht die spießigen Kurkolleginnen. Mein Name lautet übrigens Wallmann, Alice Wallmann. Schauen Sie sich das Damenkränzchen an. Ihre Leistung für die Gesellschaft hat darin bestanden, ihre Körper denen feilzubieten, die Geld und das Sagen hatten. Sie sind eingebildet, haben studiert und waren doch nur Wohlstandsprostituierte. Nun warten sie hier auf eine Gelegenheit, ihre alten Beine noch einmal für junge Männer spreizen zu können!«

Achtendorf war entsetzt.

»Aber Frau Wallmann, ich nehme an, daß solche

Leute viel Geld in die Boutiquen tragen, und, wenn ich mich recht erinnere, leben Sie doch von gutgehenden Boutiquen«, sagte er.

»Herr Stadtdirektor, wie lange hatten Sie Audienz beim Professor?« fragte sie ironisch. Sie trug einen cremfarbenen Hosenanzug. Ihr blondes Haar machte sie jünger. Achtendorf erhob sich und schritt neben ihr her in Richtung Ausgang.

»Der Professor leistet etwas, und ich bezahle«, sagte Achtendorf.

»Die blaublütigen Weiber stehlen ihm die Zeit«, sagte sie giftig.

»Vielleicht unternehmen sie mit ihm Reisen in frühere Leben!« antwortete Achtendorf ironisch.

»Sie werden bald anders denken, Herr Achtendorf«, seufzte sie.

»Was gibt es denn heute zu Mittag?« fragte Achtendorf, als sie draußen die wärmenden Strahlen der Sonne spürten.

»Putenschnitzel mit Schwarzwurzeln«, stöhnte Frau Wallmann und schwieg, während sie durch den Kurpark dem Sanatorium entgegenschlenderten.

2

Frau Fortema, die Sanatoriumsleiterin, war nicht in ihrem Büro. Achtendorf öffnete eine Tür, die in die Institutsbibliothek führte. Er vermutete, daß dahinter weitere Gästezimmer und die Privaträume der Leiterin lagen. Plötzlich blieb er überrascht stehen und horchte.

»Es ist verzeihlich für einen erwachsenen Sohn, seine Mutter solange in Sorgen zu lassen! Erst recht, wenn sie an den Rollstuhl gefesselt ist.«

Achtendorf dachte: Das muß Harry Kühnast sein.

»Sie aufgeblasener Wichtigtuer! Noch fahren Sie nur Mutters Rollstuhl, bald ihren Rolls-Royce!«

Das war der Sohn der reichen Witwe. Achtendorf hatte ihn gestern kurz gesehen.

Eine Tür schlug mit Wucht zu. Das weinerliche Schluchzen von Frau Hansky drang an seine Ohren.

Hastig verließ er die Bibliothek. Es war nicht sonderlich wichtig, was er Frau Fortema fragen wollte.

Er machte sich auf den Weg zum Strand.

Der Blick auf die blaue Nordsee, die weißen Schaumkronen der ausrollenden Wellen und die entfernt liegenden Dünen schenkten ihm das Gefühl, Urlaub zu haben.

Gutgelaunt schritt er über den feuchten Sand dem Strandcafe Cornelius entgegen, das nach Angaben des Prospektes vierzig Minuten entfernt lag. Dort wollte er in Ruhe einen Kaffee trinken und seine untereinander zerstrittenen Mitkurenden vergessen.

Als Achtendorf das Cafe eine gute Stunde später verließ, frischte der Wind auf. Der Himmel zog sich bedrohlich mit Wolken zu. Er entschied sich für eine schnellere Gangart. Dennoch gelang es ihm nicht, das Sanatorium trocken zu erreichen. Seine wiedergewonnene gute Laune war dahin.

Beim Betreten des Hauses entdeckte er einen BMW mit Schweizer Kennzeichen.

In der leeren Empfangshalle stand ein Mann, der sich ihm vorstellte.

»Dr. Zürmatt aus Zürich«, sagte er höflich.

Er trug eine saloppe Lederjacke, Rollkragenpullover und eine sportliche Cordhose. Sein bärtiges Gesicht wirkte sympathisch. Eine Hornbrille verlieh ihm einen intellektuellen Zug.

Achtendorf sah Frau Fortema, die sich ihnen über den Gang näherte.

»Da kommt die Chefin«, sagte Achtendorf und schritt an die Zeitungsablage. Er suchte nach einer Illustrierten, die ihm die Zeit bis zum Abendessen vertreiben konnte. Direkt neben ihm befand sich die hauseigene Telefonzelle.

Die harte Stimme von Frau Wallmann drang durch die Holztür zu ihm herüber.

»Nein! Mehr wissen Sie nicht? Das kann doch ein Zufall sein! Vielleicht kurt er nur ein Zipperlein aus!«

Ihr Hamburger Dialekt war ein Genuß. Sie öffnete die Tür, präsentierte ihm ein sorgenvolles Gesicht und brauste an ihm vorbei.

Achtendorf ging zum Aufzug.

Frau Hansky saß im Rollstuhl am kleinen Tisch im Fernsehraum und ließ sich von Harry Kühnast mit Kuchen verwöhnen.

Das Pärchen übersah ihn. Achtendorf suchte sein Zimmer auf. Er hängte den nassen Mantel an die Heizung und vertiefte sich mit Unbehagen in einen Artikel über Homosexualität und AIDS.

Gegen achtzehn Uhr begab sich Achtendorf in den Speisesaal. Die Gäste hatten bereits mit der Vorspeise begonnen. Sie bestand aus geräucherten Forellenfilets mit Meerrettichsoße. Aus Angst vor Gräten wagten es die Speisenden nicht, von ihren Tellern aufzusehen.

Achtendorf stellte fest, daß der junge Hansky neben seiner Mutter saß. Ein Pflaster zierte seinen Zeigefinger.

»Da sind Sie ja endlich«, sagte Gräfin von Akazienhain, während Frau von Windbach von ihm zu wissen wünschte, wo ihn der Regen überrascht hatte.

Die Damen wirkten in ihrer neuen Garderobe jugendlich. Selbst den Schmuck hatten sie ausgewechselt.

Die Hamburgerin begrüßte ihn mit einem geflöteten »Hallo«!

Achtendorf drehte sich vorsichtig um und sah, wie der schöne Harry Kühnast lustlos mit dem Messer seinen Fisch bearbeitete.

Selbst die süddeutschen Postbeamtinnen,die ihn umgaben, verzichteten auf ihr übliches Kichern.

Es war wohl der unerwartet eingetretene Dauerregen, der auf allen Gemütern lastete.

Vor den übrigen Gästen, durch die kleine Trennmauer abgeschirmt, aß Dr. Zürmatt alleine an einem Tisch und wandte Achtendorf den Rücken zu.

Eine wohltuende Ruhe, dachte Achtendorf.

Als Zasimet eine Aufschnittplatte servierte, lächelte Achtendorf die Türkin freundlich an.

»Für mich nicht, vielleicht finden die Damen Gefallen an einer Zusatzration. Ich wünsche einen wunderschönen Abend!«

Achtendorf stand auf, verließ den Speisesaal, ging zum Aufzug und suchte sein Zimmer auf.

Er setzte sich in den Sessel und vertiefte sich in die Illustrierte. Danach schaltete er das Fernsehgerät ein, um sich den angepriesenen Wildwestfilm anzuschauen.

Während John Wayne in einer kakteenbewachsenen Wüste für Ordnung und Gerechtigkeit sorgte, schlief er ein.

Als das Zimmertelefon ihn aus dem Schlaf riß, benötigte er Sekunden, um sich in der ungewohnten Umgebung zurechtzufinden. Dann stürzte er ans Telefon. »Achtendorf«, meldete er sich verschlafen.

»Fortema, Herr Achtendorf, kommen Sie bitte schnell in mein Büro!« Ihre Stimme klang verzweifelt.

»Sofort«, antwortete er und verließ grübelnd sein Zimmer.

Er nahm den Aufzug.

Sowohl das Fernsehzimmer als auch das Sesselzimmer waren leer.

Im Büro saß Frau Fortema an ihrem Schreibtisch. Ihr Gesicht wirkte eingefallen. Sie zitterte.

»Was ist los?« fragte er.

»Herr Kühnast meldet sich nicht! Frau Hansky bat mich, ihn telefonisch zu ihr zu bitten. Ihr Sohn ist ausgegangen«, sagte sie mit gequälter Stimme.

»Vielleicht tanzt er mit den Damen im Dünenstübchen«, antwortete Achtendorf.

»Nein, ich war an seiner Zimmertür! Der Schlüssel steckt von innen!«

Frau Fortema begann zu heulen.

»Bleiben Sie hier, ich schaue nach«, ordnete Achtendorf an.

»Zimmer dreizehn, es liegt gegenüber dem Aufzug«, hauchte sie erschöpft.

Achtendorf hastete die Treppen hoch. Er klopfte feste gegen die Tür. Vergebens. Kühnast antwortete nicht.

Achtendorf betrat den Aufzug, er fuhr nach unten. Er hastete am Büro vorbei zur Haustür. Der Regen peitschte sein Gesicht, als er die Stufen hinuntereilte. Er lief ums Haus. Der Rasen war naß und matschig. Achtendorf blickte auf die Fassade. Einige Fenster waren hell erleuchtet. Hohe Kiefern standen dicht an der Hauswand.

Er blieb stehen und überlegte kurz, dann sah er, daß ein Fenster geöffnet war. Kein Licht fiel aus ihm nach draußen. Wenn er richtig gerechnet hatte, mußte das Harrys Zimmer sein.

Als sich seine Augen an die Dunkelheit gewöhnt hatten, sah er, wie die Vorhänge vom Wind getrieben hin und her flatterten.

Achtendorf ging näher heran. Um Spuren auszumachen, war es zu dunkel.

Es konnte nicht schwierig sein, von den Zweigen einer hochgewachsenen Kiefer aus in das Zimmer zu gelangen, das im ersten Stockwerk lag.

Für Sekunden starrte er auf sein Ziel. Dann gab er sich einen Ruck und ergriff einen starken Ast. Er hangelte sich nach oben. Fast mühelos gelang es ihm, einen Fuß auf dem Fenstersims zu plazieren. Mit dem anderen Fuß stieß er sich ab und stand dann aufrecht auf der Fensterbank.

Kein Ton drang aus dem Zimmer.

Er vernahm nur das Plätschern des Dauerregens. Vorsichtig stieg er in das Zimmer und tastete sich seitlich an der Wand entlang. »Herr Kühnast«, rief er.

Er horchte in die Dunkelheit. Sein Atem ging schnell. Zentimeter für Zentimeter kämpfte er sich vor, bemüht, nichts umzustoßen.

Hätte ich jetzt mein Feuerzeug bei mir, dachte er verzweifelt und verharrte für weitere Sekunden. Dabei rief er sich die Anordnung seines Zimmers ins Gedächtnis.

In etwa eineinhalb Metern Entfernung von der Ecke mußte eine Wandleuchte angebracht sein. Er lehnte seinen Rücken gegen die Wand und tastete sich vorsichtig in der Dunkelheit voran. Seine Hand berührte einen Lampenschirm. Er fand den Schaltknopf und drückte ihn. Das Licht blendete ihn nur kurz.

Achtendorf spürte den Schweiß, der ihm in die Augen lief. Unfähig zu reagieren, stierte er einige Sekunden auf das Bett, auf dem der nackte Körper von Harry Kühnast lag.

Blut war in Mengen ausgeströmt und hatte eine Lache gebildet.

Ein Messergriff saß in Harrys Brust.

Achtendorf wagte sich einige Schritte vor.

Er sah, daß die Handgelenke des Opfers mit einem Ledergürtel zusammengeschnallt waren, während die geöffneten Hände um seinen Penis lagen.

Kühnast lag wie aufgebahrt auf dem weißen Laken. Sein Fuß zeigte ebenfalls eine Blutspur, doch es schien nur ein Kratzer zu sein. Vielleicht ein Streifschuß, dachte Achtendorf und glaubte, Pulvergase zu riechen.

Achtendorf löste sich aus seiner Versteinerung. Er bedeckte mit seinem Pulloverrand seine Hand und schaltete die Hauptleuchte ein.

Das Zimmer war nicht in Unordnung. Die Wäsche des Opfers lag ordentlich auf dem Stuhl. Hose, Hemd und Jackett hingen auf einem Bügel am Holzschrank, so als hätte Harry sich selbst entkleidet. Daneben stand das Fernsehgerät, es strahlte noch Wärme aus.

Achtendorf näherte sich dem Opfer und beugte sich über den Toten. Unterhalb der stark behaarten Brust, hatte der Mörder mit Lippenstift »Love Harry« geschrieben, in cremigen, rundgesetzten Buchstaben.

Achtendorf ging zur Tür.

Das ist nicht mein Fall, beruhigte er sich, bedeckte wieder seine Hand und drehte den im Schloß steckenden Schlüssel um.

Er hastete durch den halbdunklen Flur zum Büro.

Die Leiterin des Hauses saß vor der Telefonanlage. Ihre Augen waren verheult.

»Frau Fortema, behalten Sie die Nerven! Geben Sie mir die Belegungsliste«, forderte Achtendorf sie auf.

Wie eine Traumwandlerin schritt sie an den Aktenschrank und reichte Achtendorf mit zitternden Händen einen Schnellhefter.

»Danke. Bleiben Sie im Büro! Ich will feststellen, wer im Hause ist!« sagte Achtendorf und eilte davon.

Beide Aufenthaltsräume waren leer, auch in der Bibliothek befand sich niemand. Im Zimmer Nummer eins wohnte die gelähmte Frau Hansky.

Er klopfte an.

»Ja, Harry bist du es?« vernahm Achtendorf ihre ängstliche Stimme.

»Nein, Verzeihung! Telefon für Herrn Kühnast, ich dachte, er wäre bei Ihnen«, antwortete Achtendorf.

Er glaubte zu vernehmen, wie sie schluchzte.

Achtendorf klopfte an die nächste Tür. Niemand antwortete. Er eilte zurück, nahm den Fahrstuhl und fuhr nach unten.

Auch im Kellergeschoß antwortete niemand. Er fuhr wieder nach oben. Die Nummer vierzehn. Er blickte auf die Liste. Frau von Windbach. Er klopfte an. Keine Antwort. Er drückte die Klinke. Die Tür war verschlossen. Er ging weiter. Die Nummer fünfzehn, Frau Dr. von Keppler.

Auch hier war die Tür verriegelt.

Hinter der Tür mit der Nummer sechzehn hörte er Stimmen.

Achtendorf klopfte an.

»Herein«, drang es ihm entgegen. Er öffnete die Tür und blieb wie angewurzelt stehen.

Das Zimmer strotzte vor Luxus. Es glich mehr einer Suite. Um einen runden Eichentisch saßen die Damen in langen, wallenden Kleidern. Auf einem dreiarmigen Kerzenleuchter flackerten Kerzen und warfen ihr spärliches Licht auf gefüllte Sektkelche.

»Das ist aber reizend von Ihnen, Herr Achtendorf! Sie wollen gratulieren!« sagte Frau Dr. von Keppler und sah ihn freundlich an. Sie wirkte im Kerzenlicht viel jugendlicher. Auf ihrer Brust glitzerten die Steine ihres Schmucks. Sie erhob sich.

»Trinken Sie ein Glas Sekt auf die Gräfin«, forderte sie ihn auf. Achtendorf sah, wie Frau von Windbach ein Glas füllte.

Auch sie trug ein besticktes langes Kleid. In ihrem grauen Haar saß eine glitzernde Spange. Die Gräfin füllte ihren Sessel mit königlicher Würde. Ihr mit Schmuck besetzter gewölbter Oberkörper glich der Milchstraße an frostklaren Abenden.

Achtendorf kämpfte mit seinen wirren Gedanken, langte nach dem Sektglas, trank aus, ohne auf das Altweibergeschwätz zu warten und reichte es Frau von Windbach zurück.

»Ich gratuliere. Kenne aber nicht den Anlaß!« stieß er hervor.

»Herr Achtendorf, heute vor fünfzig Jahren hat Graf Adolf-Karl-Wilhelm von Akazienhain die Gräfin geheiratet!« verkündete Frau Dr. von Keppler mit vom Alkohol gerötetem Gesicht.

»Ich bin eine geborene von Trotterbach«, sagte die Gräfin stolz.

»Die Fahne hisse ich später«, brummte Achtendorf und verließ das Jubelzimmer.

Er klopfte an die Tür von Nummer siebzehn. Keine Reaktion. Gleiches bei Nummer achtzehn. Die beiden Postdamen waren wohl noch beim Tanzen.

Auch die vorlaute Boutiqueninhaberin aus Hamburg war noch nicht zurückgekommen.

Achtendorf hastet von Zimmer zu Zimmer. Vergeblich. Er kehrte ins Büro zurück. Frau Fortema sah ihn erwartungsvoll an.

»Nichts«, sagte Achtendorf.

»Rufen Sie die Polizei an!«

Frau Fortema griff zum Telefon und wählte.

Achtendorf nahm ihr den Hörer aus der Hand.

»Hier Kriminalrat Achtendorf, Sanatorium Theresenhöhe. Wir haben einen Mord zu melden! Kommen Sie, und vermeiden Sie jedes Aufsehen!« Er legte den Hörer auf die Gabel. Frau Fortema starrte ihn an.

»Nichts verraten! Für Sie bleibe ich der Stadtdirektor von Bad Harzburg«, sagte er und klopfte der verdutzten Frau beruhigend auf die Schulter.

3

Achtendorf wartete vor der Eingangstür. Der Regen platschte auf die Steinstufen. Über den Platz näherten sich die Polizeifahrzeuge. Er schritt zwei Beamten entgegen, die auf ihn zukamen.

»Mein Name ist Achtendorf, ich bin Kriminalrat, ein kurender Kollege aus Bad Harzburg«, sagte er.

Sie eilten die Stufen hoch, während Beamte einen Sarg aus dem Bully holten.

»Warten Sie damit noch einige Minuten! Ich rufe Sie!« sagte der schlankere der beiden Männer, der einen langen Popelinmantel trug. Er wandte sich an Achtendorf, nahm seine Prinz-Heinrich-Mütze vom Kopf und schlug den Regen ab.

»Meyers, Kommissar, mein Assistent Herr Kluin. Wir bilden sozusagen die Mordkommission.«

Sie betraten den Korridor.

»Frau Fortema! Sie ist die Sanatoriumsleiterin«, informierte Achtendorf und stellte den Polizisten die immer noch leicht zitternde Frau vor.

»Frau Fortema, schicken Sie den Arzt und den Fotografen zu uns, sobald sie eintreffen!« forderte Kommissar Meyers. »Sie sind benachrichtigt worden.«

»Ich führe Sie zum Opfer«, sagte Achtendorf und brachte die Herren zum Tatort. Er öffnete die Tür und ließ die Kollegen eintreten.

»Mein Gott, den hat der Mörder aber appetitlich hergerichtet. Der schöne Mann hat wohl vergessen, sich zu verteidigen!« sagte Meyers ironisch und schritt schnüffelnd durch das Zimmer.

»In seinen Händen hält er die falsche Waffe«, bemerkte Kluin pietätlos.

»Wie jede Waffe ist auch diese ungeladen wertlos!« scherzte Meyers und betrachtete das Opfer.

»Der Mann heißt Harry Kühnast! Angeblich ist er Vermögensberater und befreundet mit einer reichen Witwe, die an den Rollstuhl gefesselt ist. Auch sie kurt hier im Hause«, sagte Achtendorf sachlich.

»Love Harry«, las Kluin.

»Eine große Liebe? Oder eine enttäuschte Liebe?« fragte Meyers, als spräche er zu sich selbst. Er suchte den Boden ab.

»Ein Einschußloch! Der Mörder hatte eine Pistole und sich dennoch für das Messer entschieden«, sagte er. Sein Assistent begann mit der Spurensicherung.

»Kühnast hat sich selbst entkleidet! Der Mann legte Wert auf Ordnung! Vielleicht hat ihn auch der Mörder dazu gezwungen, sich auszuziehen. Zumindest könnte das den Streifschuß erklären!« stellte Achtendorf fest.

Der Fotograf betrat das Zimmer. Er war schlank und wirkte ungepflegt. Mit geöffnetem Mantel hantierte er beidhändig an seinem Fotoapparat herum.

»Ein Bild für Playgirl oder für die Inselzeitung?« fragte er und grinste. Während er die Bilder schoß, begann Meyers mit der groben Untersuchung des Schrankes.

»Teure Klamotten! Er hat sie in erstklassigen Geschäften erworben«, sagte er. In der Anzugjacke steckten ein gefülltes Portemonnaie und eine Brieftasche. »Reisepaß, KFZ-Brief, mehrere blaue und einige kleinere Scheine«, zählte Meyers auf.

Achtendorf zog die Schreibtischschublade heraus.

»Hier, Herr Kommissar, eine Mappe«, sagte er.

Meyers öffnete sie. Er studierte die Aktenseiten.

»Ich bin kein Jurist, aber das sieht mir nach Vertragsentwürfen aus. Treten Sie näher, Herr Kriminalrat. Lesen Sie!« forderte Meyers den Kollegen auf.

Kluin rief: »Ich habe das Geschoß gefunden. Es hat den Teppichboden durchschlagen und sich in den Estrich gebohrt.« Er kam zu Meyers und Achtendorf hinüber.

»Da witterte die Hansky wohl eine hohe Verzinsung. Zweihundertfünfzigtausend D-Mark Beteiligung an der Immobilienfirma Harry Kühnast«, stellte Achtendorf fest.

»Und nun ist er tot«, meinte Kluin.

Professor Knabe betrat das Zimmer.

»Den ganzen Abend hatte ich ein Scheißblatt! Als mir dann die Buben und Asse nur so in die Hand fielen, mußte ich dem Ruf der Ordnungshüter folgen! Ist er der Anlaß?« fragte der Professor, öffnete seine Tasche, schlüpfte in einen Kittel und streifte sich Gummihandschuhe über seine breiten behaarten Hände. Ohne ein weiteres Wort zu verlieren, begann er, Harry Kühnast zu untersuchen. Er entfernte das Messer aus der Brust des Toten und reichte es Kluin. Mit Wattetupfern reinigte er die Wunde, horchte den toten Harry ab und öffnete den Ledergürtel, dessen Schnalle die Form eines Hufeisens hatte. Kühnast wurde in sitzende Stellung verfrachtet. Seine Arme baumelten über die Schultern des Professors. Knabe schüttelte ihn ab und wälzte das Opfer so, als besäße es keine Knochen mehr, in die Bauchlage. Der Mediziner atmete auf und stellte sich neben das Bett.

»Die Fußverletzung wurde durch einen Streifschuß verursacht, der wenig körperlichen Schaden anrichtete, ihn wohl aber seelisch geschockt haben muß. Todesursache ist ein gezielter Messerstich, mitten ins Herz. Das Blut ist nur leicht verkrustet. Die Leichenstarre ist noch nicht eingetreten. Die üblichen Ungenauigkeiten mit einberechnet, dürfte sich die Tat so gegen einundzwanzig Uhr ereignet haben! Ein kurzer Blick auf seinen Penis läßt darauf schließen, daß es das Opfer kurz nach einem Beischlaf erwischt hat. Schicken Sie mir die Leiche ins Krankenhaus. Meinen Bericht werde ich, wie Ihnen bekannt sein dürfte, mit höchster Sorgfalt verfassen.«

»Danke, ich wünsche Ihnen noch ein gutes Blatt«, sagte Meyers grinsend, während Knabe sich den Kittel auszog und seine Tasche ordnete.

»Mein lieber Sherlock Holmes, das Blatt hat sich gewendet. Die Skatbrüder haben eine Pinte aufgesucht. Wenn ich nach Hause komme, hat meine Frau bereits reinen Tisch gemacht, und ich muß betteln, wenn ich noch einen Schluck Bier bekommen möchte!« antwortete der Professor und verließ zusammen mit dem Fotografen das Zimmer. Die Beamten hörten noch, wie der Fotograf sagte: »Herr Professor, kommen Sie mit zu mir, da gibt es zu jeder Tageszeit Bier.«

Kluin ging noch einmal alles durch, um sicher zu gehen, daß er nichts übersehen hatte. Dann verließ er das Zimmer, um die Kollegen zu bitten, den Sarg zu bringen.

Die Beamten stellten den Metallsarg neben das Bett und legten den Toten in die Halbschale.

»Fahrt ihn zum Krankenhaus«, ordnete Meyers an. Ein Windstoß blähte die Vorhänge am Fenster auf und lies die Polizisten frösteln.

»Der Schlüssel steckte von innen. Ich bin durch das Fenster eingestiegen«, sagte Achtendorf.

Meyers trat an das Fenster. Immer noch prasselte der Regen vom schwarzen Himmel.

»Sie haben wohl die Kiefer als Leiter benutzt?« fragte Meyers.

»So ist es! Der Schuß ist wohl niemandem aufgefallen, denn zum Zeitpunkt des Mordes lief im Fernsehen ein Wildwestfilm mit John Wayne«, sagte Achtendorf.

»War das Fernsehgerät denn ausgeschaltet?« fragte Meyers.

»Ja, ich erinnere mich, daß es noch warm war,« antwortete Achtendorf.

»Nun denn, gehen wir nach unten! Die Hausgäste werden wohl mittlerweile eingetrudelt sein«, sagte Meyers.

Kluin packte seine Tasche und versiegelte das Zimmer.

Frau Fortema stand am Rande eines Nervenzusammenbruchs. Sie hatte die anwesenden Hausgäste in den Speisesaal gebeten, nur ›furchtbar‹ und ›schrecklich‹ vor sich hingemurmelt und keinerlei Einzelheiten verraten.

Mittlerweile waren auch die beiden Postdamen und Frau Wallmann zurückgekehrt. Unter den Versammelten entdeckte Achtendorf auch den Sohn von Frau Hansky. Sie alle blickten auf, als die Polizisten den Saal betraten.

»Liebe Hausbewohner! Vor wenigen Stunden hat sich hier im Sanatorium ein tragischer Zwischenfall ereignet. Harry Kühnast ist in seinem Zimmer ermordet worden«, erklärte Achtendorf.

Alle hielten starr vor Schrecken für einen Moment die Luft an. Frau Hansky kämpfte um ihre Selbstbeherrschung und legte ihren Kopf auf die Lehne des Rollstuhles. Ihr Sohn erhob sich und stellte sich neben sie, als wollte er der Mutter beistehen. Die Gräfin weinte, während Frau von Windbach mit ernstem Gesicht nervös mit ihrer Goldkette spielte und den plumpen Anhänger, wie eine Wahrsagerin ihr Pendel, schwingen ließ.

Frau Dr. von Keppler hielt ihre von Glitzersteinen

eingefaßte Brille weit von sich und stierte wie abwesend auf die reiche Witwe Hansky.

Die jungen Postbeamtinnen waren aufgesprungen und umringten Frau Wallmann, als könnte diese sie trösten.

»Darf ich Ihnen Kommissar Meyers und Assistent Kluin vorstellen? Die beiden Herren führen die Untersuchung durch.«

Meyers sah freundlich aus. Sein Haar war blond, und er wirkte jugendlich.

»Mein Kollege und ich werden Sie einzeln in das Fernsehzimmer bitten. Vielleicht können Sie uns mit Ihren Aussagen erste Anhaltspunkte liefern. Wir haben Herrn Achtendorf dazugebeten. Er fand den Toten und ist Ihnen allen bekannt.«

Er verließ mit Kluin den Speisesaal.

»Frau Hansky, kommen Sie bitte gleich mit uns«, sagte Achtendorf und bemühte sich, aufmunternd zu klingen.

Die Witwe straffte ihren Oberkörper. Ihr Gesicht war starr wie eine Maske. Der junge Hansky legte die Hände um die Griffe des Rollstuhls.

»Das übernehme ich für Sie«, sagte Achtendorf.

Der Sohn sah ihn feindselig an, setzte sich aber wieder hin.

Achtendorf schob Frau Hansky in das Fernsehzimmer, stellte den Rollstuhl so, daß das Licht der Wandlampe auf ihr Gesicht fiel.

»Wie ich erfahren habe, haben Sie Herrn Kühnast sprechen wollen. Benötigten Sie seine Hilfe?« begann Meyers das Gespräch.

»Ja, mein Sohn war nicht anwesend. Als Harry, Verzeihung, als Herr Kühnast zum vereinbarten Zeitpunkt nicht bei mir erschien, telefonierte ich mit Frau Fortema«, antwortete sie und bemühte sich, gefaßt zu erscheinen.

»Hatte die geplante Zusammenkunft privaten oder geschäftlichen Charakter?« fragte Meyers.

Frau Hansky starrte ihn an. Sie war schließlich eine Dame!

»Finden Sie nicht, daß Ihre Frage zu weit geht?« fragte sie arrogant.

»Gnädige Frau! Hier im Hause wurde ein Mann ermordet. Die Aufklärung eines Verbrechens darf nicht an Floskeln der Höflichkeit scheitern«, erklärte Meyers vorwurfsvoll.

Frau Hansky kämpfte mit den Tränen. Sie schluckte kurz.

»Herr Kommissar, ich habe nichts zu verbergen. Mein Mann kam bei einem Autounfall ums Leben, während ich überleben durfte. Meine steifen Beine behielt ich als Andenken. Ich lernte Herrn Kühnast in Badenweiler kennen. Seitdem ist – war er ein hilfreicher Freund, der selbstlos seine Geschäfte ruhen ließ, wenn er mir beistehen konnte«, antwortete sie wie auswendig gelernt.

»Wir fanden in seiner Schreibtischschublade juristische Unterlagen, die auch Sie betreffen«, sagte Meyers.

»Ist es verboten, das von meinem Mann ererbte Vermögen geschäftlich zu nutzen? Ich bin es gewöhnt, kaufmännische Transaktionen abzuwägen und bei entsprechenden Gewinnerwartungen zuzugreifen.«

»Frau Hansky, wann sahen Sie Herrn Kühnast zum letzten Male?« fragte Kluin.

»Nach dem Abendessen. Er nahm mich mit auf sein Zimmer. Dort haben wir uns die Tagesschau angesehen. Im Zweiten gab es einen Western. Harry wollte ihn sehen. Ich blieb eine Weile, doch mir gefiel der Film nicht.«

Ihre Augen bewegten sich unruhig.

»Brachte Herr Kühnast Sie zu Ihrem Zimmer zurück?« fragte Meyers.

Über das Gesicht der Witwe huschte ein leichtes Zucken. Sie hielt ihre Hände verschlungen auf ihrem Schoß.

»Nein! Olaf, mein Sohn, kam zufällig vorbei. Er fuhr mich zum Aufzug und brachte mich auf mein Zimmer.«

»Hatte Ihr Sohn einen besonderen Grund, Sie bei Harry Kühnast abzuholen?« fragte Kommissar Meyers.

»Ich sagte doch bereits, daß er zufällig vorbeikam. Er wollte sich umziehen und auf ein Bier ausgehen«, antwortete sie schnippisch.

»Frau Hansky, Sie erhoffen sich auf Norderney eine Besserung Ihres Gesundheitszustandes. Haben Sie dieses Sanatorium früher schon einmal besucht?« fragte Meyers.

»Professor Juskow wurde mir von Harry empfohlen. Er sei eine Kapazität, meinte er. Deshalb besuchte ich dieses Haus.« Sie bemühte sich zu zeigen, daß sie es satt hatte, pausenlos Fragen über sich ergehen zu lassen.

»Und Herr Kühnast?« fragte Meyers.

»Geht Sie das etwas an, wenn ich mit einem Bekannten ein Sanatorium aufsuche?« fragte sie hochnäsig.

Die Frau besitzt einen starken Willen, dachte Meyers.

»Frau Hansky, Ihre Bekanntschaften interessieren uns ansonsten nicht. Da aber Herr Kühnast hier im Hause das Opfer eines Mordanschlages wurde, sollten

Sie uns mit klaren Antworten die Aufklärungsarbeit erleichtern. Gerade Ihnen muß doch sehr viel daran gelegen sein, daß der Täter überführt wird«, sagte Meyers verärgert.

»Herr Kühnast hat Sie demnach hierher begleitet, weil er Ihnen die Kur empfohlen hatte?« fragte Kluin.

»Wir haben uns auf Norderney eine Wohnung gekauft. Sie ist aber noch nicht bezugsfertig«, antwortete sie und begann leise zu schluchzen.

»Herr Kühnast arbeitete selbständig als Unternehmens- bzw. Vermögensberater,wie wir in Erfahrung bringen konnten. Wo befindet sich der Sitz seiner Firma?« fragte Meyers geduldig, als hätte er die ganze Nacht Zeit.

»Früher in Badenweiler im Schwarzwald. Er hat sein Geschäft dort aufgelöst und es nach Norderney verlegt. Sein Büro befindet sich jetzt in unserer gemeinsamen Wohnung«, entgegnete sie zögernd.

»Sie sagten eben, die Wohnung sei noch nicht fertig?« warf Kluin ein.

»Wir haben uns dort bereits eingerichtet, das heißt, sind . . .« sie schluckte, »waren dabei. Aber der Aufzug mußte noch fertiggestellt werden.«

»Geben Sie uns bitte die genaue Anschrift«, forderte Meyers sie auf.

Tränen kullerten ihr aus den Augen.

»Dr.-Treck-Straße neun a«, hauchte sie.

»Frau Hansky, besaß Herr Kühnast Feinde? War er in letzter Zeit auffällig besorgt? Machte er irgendwelche Andeutungen, die auf eine Bedrohung schließen ließen?« fragte Meyers.

»Nein«, Frau Hansky heulte und fischte in ihrer Handtasche nach einem Taschentuch. »Harry war so ein lebenslustiger, feinfühliger Mann«, schluchzte sie.

Achtendorf verstand den Wink, den Meyers ihm gab. Er erhob sich.

»Frau Hansky, ich fahre Sie zu Ihrem Zimmer«, sagte er, erneut bemüht, beruhigend zu wirken.

»Nicht nötig, Herr Achtendorf. Befragen Sie meinen Sohn! Er kann mich dann mitnehmen«, forderte sie mit zurückgekehrter Energie.

»Gnädige Frau, Ihr Sohn ist erwachsen. Wir wünschen nicht, daß Sie anwesend sind, wenn wir ihn befragen«, sagte Meyers so höflich es ihm möglich war.

Frau Hansky straffte den Rücken und ließ sich erhobenen Hauptes von Achtendorf zu ihrem Zimmer fahren.

»Die Tür ist nicht verschlossen!« sagte sie herrisch.

Achtendorf warf einen Blick nach innen. Der Raum glich einem Luxusappartement.

»Danke«, sagte die Witwe knapp, als Achtendorf die Tür ins Schloß zog und sich auf den Rückweg machte.

Die Kollegen hatten auf ihn gewartet.

»Dann soll Sohn Olaf der nächste sein«, ordnete Meyers an.

Achtendorf betrat den Speisesaal. Die Atmosphäre knisterte vor Spannung.

»Herr Hansky Junior bitte«, sagte er höflich.

»Tatortspiele live, Herr Stadtdirektor von Bad Harzburg?« fragte Olaf spöttisch.

»Ja, die Sendung läuft«, erwiderte Achtendorf und begleitete den jungen Mann in das Fernsehzimmer.

»Nehmen Sie Platz, Herr Hansky. Herr Kühnast war für Sie kein Unbekannter. Ihre Mutter gab zu verstehen, daß er in schweren Zeiten ein Freund der Familie war«, sagte Meyers und beobachtete Olaf, der mit seiner Protesthaltung ausdrückte, daß er nicht irgendwer war.

»Wenn Sie unbedingt meine Meinung dazu hören wollen. Harry war mehr Mutters Freund. Sie hatte es schwer, mit ihrer Einsamkeit fertig zu werden. Harry war es, der ihr neuen Lebensmut schenkte. Außerdem verstand er mehr von Krankenpflege, als manche ausgebildete Schwester. Harry hat ihr dazu verholfen, daß sie selbständig, ohne Rollstuhl, bereits wieder einige Schritte in der Wohnung machen konnte. Allerdings mußte Harry dabei immer in ihrer Nähe sein. Sein Tod trifft sie um so härter.«

»Herr Hansky, wo hielten Sie sich heute abend auf?« fragte Achtendorf.

Olaf lachte ironisch.

»Herr Stadtdirektor, sind Sie schon zum Mitglied der Mordkommission avanciert?« fragte er gehässig.

Meyers konterte:

»Herr Achtendorf ist Beamter, und er fand den Toten. Ich will die Frage aber gerne selbst stellen. Wo hielten Sie sich heute abend auf, Herr Hansky?«

»Nun, Herr Kommissar, Sie müssen nicht sofort wie ein Ostfriese reagieren! Zuerst wollte ich in den Konzertsaal. Ich ging davon aus, daß das Marinecorps der Bundeswehr junge Leute anlocken würde. Aber weit gefehlt. Alte Weiber, tatterig auf den Beinen, ihre Gesichter bemalt wie Zirkusclowns. Fraßen die jungen Soldaten mit ihren Blicken glattweg von der Bühne. Mit Pelzkäppchen und dem Wau-Wau auf dem Arm! Da bin ich ab durch die Mitte! In der Spielbank wollte ich einige Flöhe riskieren! Auch dort, Pelzjäckchen und Siebenundvierzig-elf! Danach trieb es mich zum Calypso! Dort langweilten mich die Typen von den Heimen. Sie strotzen vor Geilheit, und hübsche Mädchen waren Mangelware«, antwortete Hansky. Sein weiches Gesicht wirkte angewidert.

»Und von dort sind Sie dann hierher zum Sanatorium gegangen?« fragte Meyers geduldig.

»Herr Kommissar! Der Scheißregen. Ich war durchnäßt und wollte mich umziehen. Mutter war nicht auf ihrem Zimmer. Sie befand sich bei Harry. Sie übte dort, ihre abgestorbenen Beine wieder zu bewegen. Ich habe sie nach unten gefahren«, antwortete Olaf Hansky mit ironischem Unterton.

»Danke Herr Hansky«, sagte Meyers und blickte dem jungen Mann nach, der grußlos das Fernsehzimmer verließ.

»Alter geht vor Schönheit! Herr Kommissar, meine reizende Tischgesellschaft wird uns nur wenig Arbeit machen«, sagte Achtendorf und holte das »Kränzchen« herein. Die Damen nahmen auf der Couch Platz. Sie trugen ihre Festtagskleider und hatten auch den Schmuck nicht abgelegt. Gesprächsbereit, ja fast fieberhaft vor Eifer, endlich gehört zu werden, irrten ihre Blicke von Meyers zu Kluin.

»Meine Damen, Sie sind sozusagen die Zimmernachbarinnen des Toten. Haben Sie etwas Auffälliges gesehen oder einen Schuß gehört?« fragte Meyers.

Die Gräfin beugte sich vor. Ihre mit Ringen geschmückten Finger zitterten leicht, als sie am teuren Stoff ihres Kleides zupfte.

»Herr Kommissar, mein Körper wird alt. Aber meine Augen und Ohren sind jung geblieben. Wir haben nichts gehört oder gesehen. Ich hatte die Damen zu mir gebeten. Ich bewohne das Zimmer 16. Es liegt am Ende des Flures. Mein verstorbener Gemahl, Graf Adolf-Karl-Wilhelm von Akazienhain, hat mich vor fünfzig

Jahren in Bad Wiessee zum Traualtar geführt. Tausende waren gekommen! War das eine Feier!«

Sie blickte kurz zur Decke.

»Zum Gedenken an meinen unvergesslichenGemahl – er war ein schöner Mann – haben wir uns auf meinem Zimmer zusammengefunden.«

Meyers nickte. Er blieb die Ruhe in Person, zeigte keinerlei Anzeichen von Erschöpfung.

»Meine Damen, Sie kannten das Opfer. Fiel ihnen irgend etwas an ihm auf?« fragte er.

»Der junge Mann war doch stets um das Wohlergehen der Witwe Hansky besorgt«, antwortete Frau Dr. von Keppler mit scheuem Blick, als würde sie von Eifersucht gequält.

»Ist Ihnen der schöne Harry Kühnast schon früher irgendwo begegnet? Vielleicht in einem anderen Kurort?« fragte Achtendorf.

Als hätten sie sich abgesprochen, senkten die Damen ihre Köpfe und blickten auf den Tisch. Für Sekunden schwiegen sie.

»Herr Stadtdirektor, es ist schon möglich, daß ich Herrn Kühnast vor Jahren in irgendeinem Sanatorium gesehen habe. Zu der Zeit lebte mein Gemahl noch«, sagte die Gräfin.

»Begleitete er da schon Frau Hansky?« fragte Meyers.

»Nein, diese Dame nicht! Frau Hansky habe ich erst hier kennengelernt.«

»Frau von Windbach, sind auch Sie Herrn Kühnast vorher schon irgendwo begegnet?« fragte Achtendorf nach.

»Herr Stadtdirektor, das kann sein. Unser Klima erfordert es, häufig zu kuren! Ich weiß es nicht«, sagte sie.

Die Damen verließen würdig und mit kleinen Schritten das Zimmer. Sie hinterließen eine Duftwolke, die an die Frühlingsblumen erinnerte, die draußen im Regen zu ertrinken drohten.

»Bitten Sie Frau Wallmann zu uns«, schlug Meyers vor.

Die Hamburgerin kam Achtendorf schon entgegen. Ihren Freundinnen rief sie über die Schulter zu:

»Wenn der Spuk vorbei ist, trinken wir noch ein Bier.«

Die verängstigten Schönen wirkten bleich und verheult.

»Herr Stadtdirektor, das finde ich lieb von Ihnen, daß Sie sich wie ein Betriebsratsmitglied für uns aufopfern«, sagte sie, ohne ihr geschminktes und gepudertes Gesicht zu verziehen.

»Frau Wallmann, nehmen Sie bitte Platz«, sagte Achtendorf.

»Sie sind über die Vorgänge informiert, die unsere Anwesenheit hier erfordern. Sie bewohnen das Zimmer Nummer neunzehn. Es liegt direkt gegenüber dem Tatort. Wann haben Sie Herrn Kühnast zuletzt gesehen?« fragte Meyers.

Frau Wallmann, vom Scheitel bis zur Sohle das Bild einer emanzipierten Frau, trug einen eleganten Nadelstreifenanzug. Aus dem Revers lugte ein gebundener Schlips. Um den Hals trug sie eine blinkende Kette, an der ein massives Goldkrokodil hing. Ihr strohblond gefärbtes Haar vertuschte ihr Alter. Die listigen blauen Augen im kantigen Gesicht überspielten ihre innere Unruhe. Gelassen antwortete sie:

»Ich sah Harry beim Abendessen. Er ist, Verzeihung, er war ein hervorragender Tänzer und liebte die Abwechslung von seinem Job als Vermögensberater. Andererseits war er ein sozial engagierter Mann, der sich der Pflege der kranken Witwe Hansky verschrieben hatte. Leider haben sich hier im Sanatorium zwei Gruppen von Patienten gebildet. Die Vornehmen mit Pseudobildung und Abitur, und die anderen. Harry saß zwischen zwei Stühlen. Mit uns ging er gerne tanzen, während die anderen seine Gesellschaft suchten. Heute Abend haben wir ca. fünfzehn Minuten auf ihn gewartet. Aber Harry ist nicht gekommen. Wir haben die Dünenstuben aufgesucht. Kühnast haben wir nicht mehr gesehen. Ich bin dann mit den beiden Hübschen von der Post gegen zweiundzwanzig Uhr dreißig hierher gekommen.« Sie hatte in unverfälscht hamburgischem Dialekt gesprochen.

»Haben Sie Herrn Kühnast hier im Sanatorium kennengelernt?« fragte Kluin, der sich eine Zigarette ansteckte. Bis jetzt hatte noch niemand geraucht.

Frau Wallmann hielt ihre Hand vorgestreckt. »Herr Kommissar, auch mit dem Rauchen haben wir hier so unsere Probleme. In den meisten Räumen ist es nämlich nicht gestattet. Geben Sie mir eine!«

Sie nahm sich eine Zigarette, ließ sich Feuer geben und paffte gierig. »Meine Herren, ich habe mich hochgearbeitet. Vom einfachen Angestelltenverhältnis bis hin zur Selbständigkeit! Als ich fünfundsechzig Jahre alt wurde, begann ich zu begreifen, daß es Zeit wurde, etwas für mich selbst zu tun! Seitdem gehöre ich zu den Frühjahrsgästen der Sanatorien. Harry Kühnast muß sich schon früher als ich etwas Ähnliches gedacht haben, denn gelegentlich habe ich ihn hier oder an anderen Orten zufällig getroffen, ohne daß wir näheren Kontakt pflegten.«

»Frau Wallmann, Ihnen und Ihren Freundinnen gegenüber hat er keine Bemerkungen gemacht, die nun nach seinem Tode von Wichtigkeit sein könnten?« fragte Meyers.

Die Frau, deren Alter wohl nur ihr Pass verraten konnte, saß vor ihnen wie eine Filmdiva.

»Keine Einzige. Sonst noch Fragen, meine Herren?« Sie sah alle der Reihe nach an, drückte die Zigarette aus und ging zurück zum Speisesaal.

Über den Flur näherte sich Dr. Zürmatt. Er blickte überrascht um sich.

»Scheußlich dieser Regen«, sagte er zu Achtendorf und wollte zum Aufzug gehen.

»Ach, Herr Dr. Zürmatt, Sie sind heute angereist, und schon haben Sie Verdruß«, sagte Achtendorf.

»Ich verstehe Sie nicht«, antwortete der Schweizer und öffnete seinen Mantel.

»Die Herren sind von der Kriminalpolizei! Ein Gast ist ermordet worden«, sagte Achtendorf. Dr. Zürmatt nahm den schwarzen Schlapphut von seinem Kopf.

»Sie kennen das Opfer nicht, oder sagt Ihnen der Name Harry Kühnast etwas?«

»Nein, nichts.«

»Wo waren Sie heute abend?«

»Im Ratskeller. Ich traf dort zufällig einen Lehrer, der mir viel über die Insel erzählen konnte. Es war ein sehr erholsamer Abend, aber jetzt bin ich sehr müde«, meinte Dr. Zürmatt.

»Wir wünschen Ihnen eine gute Nacht und eine erfolgreiche Kur«, sagte Meyers.

Dr. Zürmatt drückte die Taste des Aufzuges und fuhr nach oben.

Achtendorf holte die beiden jungen Frauen in das

Untersuchungszimmer. Sie hatten sich für den Tanzabend hübsch angezogen und wirkten äußerst attraktiv. Doch die Trauer um ihren Tanzpartner hatte deutliche Spuren in ihren Gesichtern hinterlassen.

»Sie sind Frau Gisela Frontek, sind unverheiratet, und Sie, meine Dame, sind Erika Hobala, ebenfalls ledig. Sie wohnen beide in Lörrach?« fragte Meyers, der die Belegungsliste zu Hilfe nahm. Die beiden Damen nickten traurig.

»Sie kannten Herrn Kühnast näher?« fragte der Kommissar weiter.

»Wir haben ihn hier kennengelernt. Er begleitete uns sehr oft zum Tanzen in das Dünenstübchen«, antwortete Fräulein Frontek.

»Sprach er gelegentlich über sich, seine Art zu leben oder seine Verhältnisse?«

»Kaum. Er war nicht nur ein guter Tänzer, sondern auch ein richtiger Spaßvogel«, erklärte Fräulein Hobala.

»Meine Kollegin meint, er konnte toll Witze erzählen«, fügte Fräulein Frontek hinzu.

»Hat sich Herr Kühnast vielleicht im Tanzlokal Feinde geschaffen?« fragte Assistent Kluin.

Die Damen schauten ihn empört an. »Harry war äußerst beliebt. Er duzte den Wirt und auch den Musiker«, antwortete Gisela Frontek.

»Meine Damen, Sie sehen gut aus und sind noch jung. Hat sich Ihnen Herr Kühnast, wenn es fröhlich zuging, schon einmal . . . ›genähert‹? Sie wissen was ich meine?« fragte Meyers.

In die Gesichter der Frauen stieg eine leichte Röte.

»Nein Herr Kommissar, es blieb alles im Rahmen des Schicklichen«, antwortete Erika Hobala.

»Meine Damen, Sie können gehen. Ich danke Ihnen

für Ihre Bereitschaft, uns zu helfen«, sagte Meyers lächelnd.

Die meisten der anderen Kurgäste kannten nicht einmal den Namen des Opfers. Meyers erhob sich, als sie die vollständige Belegungsliste des Sanatoriums durchgegangen waren.

»Sprechen wir noch kurz mit Frau Fortema«, schlug er vor.

Die Chefin des Sanatoriums saß in ihrem Büro. Noch immer standen ihr Tränen in den Augen.

»Frau Fortema, wir haben das Zimmer des Opfers versiegelt. Stellen Sie mir doch bitte eine Liste mit den Heimatanschriften Ihrer Gäste auf. Das hat Zeit bis morgen. Herr Achtendorf steht Ihnen als erfahrener Kripobeamter bei, falls es Probleme geben sollte«, sagte Meyers.

Frau Fortema schaute ihn betroffen an.

»Ich lege allerdings Wert darauf, daß die Kurgäste nicht erfahren, daß ich bei der Polizei bin, Frau Fortema«, sagte Achtendorf und lachte jovial.

»Herr Kriminalrat, begleiten Sie uns bitte zum Polizeihaus«, bat Meyers seinen Kollegen.

Achtendorf holte den Mantel aus seinem Zimmer.

4

Der Regen klatschte auf das Autodach. Meyers lenkte den Wagen von der Kaiserstraße in die Moltkestraße. Nur ein paar Taxen waren noch unterwegs. Sie erreichten das Polizeihaus.

Wie eine vergessene Lichtreklame saß das Polizeischild auf der nassen Kalksteinfassade des Gebäudes. Auf dem Rasen des Parkes standen Pfützen, über die die Scheinwerfer huschten. Im Hotel gegenüber brannte noch das Licht der Außenreklame. Sie schritten am Tresen der wachhabenden Polizeibeamten vorbei. Der lange Flur lag im Halbdunkel.

Meyers führte sie über eine Treppe in sein kleines Büro.

Kluin besorgte einen dritten Stuhl.

»Herr Kriminalrat, ziehen wir Bilanz. Mehr können wir heute nicht mehr unternehmen. Sie wohnen unter den Gästen, und ich vermute, daß wir unter diesen unseren Mörder zu suchen haben«, sagte Meyers.

»Ich werde Augen und Ohren offenhalten«, antwortete Achtendorf.

Kluin begann den Inhalt der Diensttasche versandfertig zu machen, um sie zum Labor zu schicken. Er betrachtete sich das Messer.

»Ein seltenes Tatwerkzeug! Der Hirschhorngriff ist echt. Die Schneide lang, und dennoch besitzt es nicht die Form eines Kampfdolches.« Er drehte die Waffe hin und her. Das Plastik der Schutztüte knisterte in seinen Händen.

Meyers nahm eine Lupe.

»Hier steht eingraviert: ›Sheffield-made in England‹«, sagte er.

»Vielleicht handelt es sich um ein antikes Stück«, folgerte Kriminalrat Achtendorf.

»Wir werden es untersuchen lassen«, antwortete Kluin.

»Herr Kriminalrat, Sie sind über die Kiefer vor dem Fenster in Kühnasts Zimmer geklettert. Kann man diese Art, sich Zutritt zu verschaffen, als kritisch und äußerst gewagt bezeichnen?« fragte Meyers.

»Nein, das Zimmer liegt im ersten Stock, nicht sehr hoch über dem Garten. Dennoch kann der Mörder auch durch die Tür gekommen sein«, antwortete Achtendorf. »Mal sehen, welche Spuren Sie außer meinen noch vor dem Fenster finden.«

»Kluin, ziehen Sie uns einen Becher Kaffee«, forderte Meyers seinen Assistenten auf.

Kluin verließ das Zimmer.

»Wenn wir noch etwas Geduld aufbringen, können wir hier frühstücken«, scherzte Achtendorf.

»Mir ist es schon lieber, Sie beschmieren Ihre Brötchenhälften in der Nachbarschaft des Mörders. Ein Schluck Kaffee ist momentan auch das Einzige, was ich Ihnen anbieten kann«, antwortete Meyers höflich.

Kluin brachte drei Pappbecher. Meyers spendierte Zigaretten.

»Harry war nackt!« stellte Achtendorf fest. »Nach den lockeren Aussagen des Doktors zu schließen, wird er mit einer Frau geschlafen haben. Der Mörder betritt das Zimmer, nachdem diese es verlassen hat. Er bedroht Harry. Kühnast will sich zur Wehr setzen. Der Mörder warnt ihn mit einem Streifschuß. Im Fernsehen läuft der Wildwestfilm. Niemandem fällt ein Schuß auf. Die meisten Zimmer sind zum Zeitpunkt des Mordes verlassen. Der Mörder zwingt Harry mit vorgehaltener Pistole, sich auf das Bett zu legen. Er fesselt ihn, greift nach dem Messer und stößt es Harry in die Brust. Dann legt er ihm die gefesselten Hände um den Penis und hinterläßt mit einem Lippenstift seine Racheaufschrift! Ihm bleibt genügend Zeit, die Flucht über die Kiefer nach unten anzutreten. So könnte es gewesen sein.«

Achtendorf probierte den Kaffee. Sicher gab es im Cafe Cornelius besseren, aber die dunkle Brühe half mit, die Müdigkeit fernzuhalten und den beißenden Geschmack der vielen Zigaretten zu mildern.

»Die Aufbahrung des Toten spricht für einen Rachemord. Schwer zu sagen, ob hier eine Täterin oder ein Täter am Werk war. Ein professioneller Killer hätte sich gewiß anders verhalten«, folgerte Achtendorf.

Kluin, der bis jetzt geschwiegen hatte, meldete sich zu Wort:

»Dieser Lippenstiftgruß auf Harrys Bauch weist auf eine Frau hin!«

»Es wurde geschossen, und Frauen schießen nicht gerne mit Pistolen! Andererseits: Warum hat der Mörder – oder die Mörderin – ein Messer benutzt. Ein gezielter Schuß hätte es auch getan?« überlegte Achtendorf.

»Herr Kriminalrat, ich danke Ihnen. Wir haben ein paar Spuren. Morgen besorge ich mir vom Amtsrichter einen Durchsuchungsbefehl. Vielleicht verhilft uns eine Besichtigung des Firmensitzes der Harry Kühnast GmbH und Co. zu weiteren Einsichten. Gegen zehn Uhr holen wir uns die Anschriftenliste der Gäste ab. Vielleicht verspüren Sie dann Lust, uns zu begleiten«, sagte der Kommissar und warf seinen leeren Pappbecher in den Papierkorb.

»Der Termin paßt mir, ich habe da keine Anwendungen. Meine einzige Aufgabe als kurender Gast von Professor Juskow besteht darin, vor dem Frühstück meinen Urin in ein Fläschchen zu füllen und ihn der Schwester anzuvertrauen«, antwortete Achtendorf grinsend.

»Sagen Sie ihr, daß Sie heute den Kaffee des Automaten im Polizeihaus getrunken haben, bevor der Professor zu falschen Schlüssen kommt!« spottete Kluin gehässig.

»Ich fahre Sie zum Sanatorium«, sagte Meyers.

5

Achtendorf wachte auf. Er langte neben sich, um seine Frau zu wecken und begriff, daß er nicht wie gewohnt in seinem Ehebett schlief. Er warf das Bettzeug von sich, stand auf, rieb sich die Augen und zog entschlossen die Vorhänge zurück.

Die Nordsee lag unter einem grau-schwarzen Himmel und führte schaumgekrönte Wellen gegen die Insel.

Ein Wetter, um sich unter die Bettdecke zu verkriechen, dachte er.

Auf dem Flur vor seinem Zimmer brummte bereits der Staubsauger.

Achtendorf verzichtete auf das Duschbad, rasierte sich elektrisch, legte die Zahnbürste unbenutzt zur Seite.

Er blickte auf seine Uhr. Es war neun Uhr dreißig. Um zehn Uhr wollten seine Norderneyer Kollegen die Liste abholen. Vorher mußte er an seinen Kuraufenthalt denken.

Der Urin! Oh Gott, daß Pisse so wichtig sein konnte! Er nahm das kleine Fläschchen, füllte es gezielt und langte nach einem Papiertuch. Dann verließ er das Zimmer und nahm den Aufzug.

Verlegen reichte er Schwester Christine das eingewickelte Fläschchen.

Er betrat den Speisesaal und schaute sich überrascht um. Nur sein Gedeck stand noch auf dem Tisch.

Zasimet brachte den Kaffee.

»Haben meine Tischgenossinnen bereits gefrühstückt?« fragte er.

»Herr Achtendorf! Heute ist ein schlimmer Tag. Nur Sie sind gekommen. Den übrigen Hausgästen habe ich das Frühstück auf das Zimmer bringen müssen«, antwortete sie mit wehleidiger Stimme.

»Ein gesunder Frühsport«, flachste Achtendorf.

»Meine Beine und Füße schmerzen vom vielen Laufen«, sagte Zasimet lächelnd.

»Solange es nicht dein kleines Herz ist, meine Schöne«, scherzte Achtendorf.

Das Frühstück schmeckte ihm hervorragend. Die Butterration war größer ausgefallen, als er es erwartet hatte.

»Herr Kriminalrat aus Bad Harzburg, sind Sie bereit, an einem Ausflug zur unfertigen Wohnung Kühnast/Hansky teilzunehmen?« fragte Meyers lächelnd und setzte sich neben Achtendorf an den Tisch.

Achtendorf schob den Frühstücksteller von sich. Er fühlte sich ausgeruht und satt.

»Um elf Uhr müßte ich im Kurhaus Wassertreten gehen«, sagte er.

»Herr Kriminalrat, bei dem Wetter bieten wir Ihnen diesen Luxus gratis«, antwortete Meyers.

»Ich hole meinen Mantel«, sagte Achtendorf.

»Wir warten im Wagen vor dem Haus«, rief Meyers hinter ihm her.

Die Dr.-Treck-Straße erwies sich als ein Aushängeschild freier Architektur. Eine Reihe hübscher Bungalows, alle mit Dünen- und oft mit Meeresblick, endete vor einem dreigeschossigen Haus, dessen elegante Linienführung und aufwendige Bauweise der vornehmen Wohnstraße keinen Abbruch tat.

Im handgeschmiedeten Klingelkasten saßen die Namen der Bewohner.

»Harry Kühnast, Vermögensberater«, las Meyers.

Achtendorf spürte das Salz auf seinen Lippen und vernahm das Rauschen der Wellen, die sich hinter einer Düne ausliefen. Er folgte Meyers und Kluin ins Haus.

Eine Empfangshalle mit Ringsum-Glasfenstern endete vor einer Pförtnerloge, die unbesetzt war. Alles war neu, und die Luft roch noch nach Mörtel und Farbe.

An einer Seite befand sich ein Aufzug.

Das blanke Aluminium der Türen spiegelte das Marmor-Muster des Fußbodens. Sie mußten ziemlich lange warten.

Endlich öffnete sich die Tür mit dem wohlbekannten Surren.

Sie betraten den Fahrstuhl. Meyers drückte die Drei, und die Aufzugstüren schlossen sich wieder. In der dritten Etage gelangten sie auf einen kleinen Korridor.

»Na bitte«, kommentierte Kluin. »Der Aufzug funktioniert doch. Hat der schöne Harry der reichen Rollstuhlfahrerin etwas verschwiegen?« fragte Kluin.

»Vielleicht haben wir eine Jungfernfahrt unternommen«, meinte Achtendorf.

Durch die Seitenfenster konnten sie in die Dünen bis zum Leuchtturm sehen. Dunkle Wolken stauten sich am Horizont. Es sah wieder nach Regen aus.

Auf einer Tür vor ihnen prangte ein Schild in Großbuchstaben, ›Harry Kühnast, Vermögensberatungs und Hausverwaltungs GmbH und Co‹.

Meyers besaß die Schlüssel. Er öffnete die Tür, und sie betraten einen mit Holz getäfelten Flur. Auf einer Tür prangte das Schildchen ›Privat‹, auf einer anderen stand ›Büro‹.

»Beginnen wir unseren Besuch bei der jungen Firma«, schlug Kluin vor und feixte, als Meyers den passenden Schlüssel suchte: »Chef, geben Sie her. Das Schloß ist noch jungfräulich! Es kann nur der blankeste Schlüssel sein.« Er behielt Recht.

Sie betraten ein neu eingerichtetes Büro. In massiven Holzregalen stapelten sich ordentlich Aktenordner. Ein seitlicher Marmortisch beherrschte mit drei schweren Polstersesseln den Raum. Eine kleine Schreibecke mit Telefonanlage war so eingerichtet, daß das Licht des großen Fensterelementes auf den eleganten Schreibtisch fiel.

»Alles vom Feinsten«, meinte Kluin und setzte sich in einen Sessel.

»Und hier ist noch genügend Platz für eine Rollstuhlfahrerin«, fügte er hinzu.

Erst jetzt bemerkten sie, daß in der Tat die Einrichtung dem Zustand der kranken Frau Hansky angepaßt war.

Meyers schritt an die Regalwand. Er zog einen Ordner heraus und öffnete ihn. Neugierig blätterte er die Unterlagen durch. Es waren Belege über Hausverwaltungen, Mieteinnahmen, Mietkosten und Reparaturrechnungen. Die Objekte befanden sich in der ganzen Bundesrepublik. Ort der Vertragsabschlüsse war Badenweiler.

Achtendorf begab sich zum Schreibtisch. Sie besaßen keinen Schlüssel, um ihn zu öffnen. Auch er nahm sich deshalb einen Ordner vor. Wortlos studierte er die Belege, die alle älteren Datums waren.

Erst Kluin, der sich mit einem Ordner zu ihnen setzte, war es, der ihnen erste Anhaltspunkte lieferte:

»Harry hat nur ältere alleinstehende Damen betreut und das seit Jahren. Hier zum Beispiel ist es eine Emma Pommeke, geborene Daesch. Sie ist geboren am 17. 1. 1903. Das Objekt: Vierfamilienhaus in Bremen, Peter-Duse-Straße vierzehn. Mieteinnahmen zweitausendfünfhundertachtzig Mark monatlich. Gaststätte Torfbrück in Fischerhude, Oberstraße neunundzwanzig, Mieteinnahmen zweitausendsechshundert Mark monatlich.«

Meyers und Achtendorf wurden hellhörig.

»Wie geht es weiter?« fragte Meyers.

»Vererbt an Herrn Harry Kühnast, Badenweiler. Testament Nummer 11102/84, Notar Dr. Dürstheim, Bremen, Senatsweg fünfzehn.«

»Vielleicht hat Harry alten Damen die letzten Jahre ihres Lebens versüßt?« fragte Meyers überrascht.

»Das verstößt nicht gegen das Gesetz«, warf Achtendorf nachdenklich ein.

»Es ist eine Frage des Geschmackes«, meinte Kluin.

Als sie sich die angrenzenden Privaträume ansahen, mußten sie feststellen, daß zwar die Küche komplett eingerichtet war und auch die Stores bereits angebracht waren, die Möbel für das Schlafzimmer allerdings noch fehlten.

»Deshalb wohnte er also im Sanatorium«, meinte Kluin. »Kühnast konnte seine heilende Therapie bei der reichen Witwe in diesem Gemach noch nicht anwenden.«

Wenig später verließen sie die Wohnung. Draußen hatte der Regen wieder mit unverminderter Heftigkeit eingesetzt.

»Herr Achtendorf, wir werden uns die Akten ansehen müssen, bevor wir zu einem endgültigen Urteil kommen können«, meinte Meyers. »Wir fahren Sie zurück zum Sanatorium und melden uns bei Ihnen, wenn sich etwas Neues ergeben sollte.«

6

Das Wetter nahm dem Staatsbad Norderney den Glanz und Willy Achtendorf die Stimmung.

Er trug seinen Trenchcoat hoch zugeknöpft. Auf seinem Kopf saß die Prinz-Heinrich-Mütze, die er sich hier gekauft hatte. Sie leistete selbst dem heulenden Wind Widerstand, der in die Wilhelmstraße einfiel. In seiner Sporttasche trug er die Badesachen, denn der Professor hatte ihm Bewegungsbäder im Solebad des Kurmittelhauses verschrieben.

Achtendorf hastete an den eleganten Geschäften vorbei, während der Wind mit seinen Mantelschößen spielte. Ein Schauer aus Hagel und Schneegemisch trieb ihn unter den Schutz eines Geschäftseinganges. Lustlos betrachtete er die Auslagen, die sich an ein betuchtes Publikum richteten. Meissner Porzellan, Ölgemälde verstorbener Maler und Antiquitäten trugen Preisschildchen mit vierstelligen Zahlen. Auf grünem Samt war ein altes Tafelbesteck ausgebreitet. Achtendorf stutzte.

Diese Kostbarkeit weckte seine Neugierde. Er betrat den Laden. Eine alte Dame, mehr als vollschlank, und wie alle älteren Frauen hier auf Norderney, auf jung geschminkt und frisiert, hörte ihr Stichwort, und schon begann sie ihren Vortrag:

»Es handelt sich um wertvolle Stücke aus dem Tafelsilber von Castle Woodyforth. Eigentlich gehören diese altenglischen Raritäten in ein Museum. Sie gelangten über den deutschen Adel zu mir. Ich verkaufe kein Stück einzeln. Das Besteck kostet dreitausendachthundert Mark.«

Achtendorf langte nach einem Messer und hielt es gegen das Licht.

»Sheffield-made in England«, las er. »Wer hat Ihnen diese Prachtstücke verkauft?«

»Es ist schon eine Weile her. Ein Herr, der den Nachlaß einer verstorbenen Adligen aufgelöst hat«, antwortete sie.

»Ich bin kein Fachmann, bin aber der Meinung, daß Ihr Preis nicht zu hoch ist«, sagte Achtendorf und legte das Messer wieder zurück.

»Aber fehlt da nicht das Tranchiermesser für Wildgerichte?« fragte Achtendorf.

Die Dame schaute ihn überrascht an.

»Sie haben recht. Es wurde mir nicht angeboten«, sagte sie und begann das Besteck einzuräumen.

»Ich kann mich noch nicht entschließen«, sagte Achtendorf und verließ das Geschäft.

Der Regen hatte nachgelassen. Er ging schnellen Schrittes zum Kurmittelhaus.

Das Kurorchester spielte gerade die Ouverture ›Die heimliche Ehe‹ von Cimarosa. Er blieb stehen und schaute sich um. Er entdeckte Frau Wallmann. Sie saß in einem roten Sessel im vorderen Drittel der Reihen, bekleidet mit einem aufreizenden Safarikleid und kekker Panzermütze. In ihrer Gesellschaft befand sich eine der beiden Damen von der Post. Dann entdeckte er Dr. Zürmatt, der etwas abseits saß. Er hielt verträumt die Hand von Fräulein Hobala. Sie hatte ihren Kopf an seine Schulter gelehnt. So schnell geht das, dachte Achtendorf und betrat die Nebenhalle, die zum Solebad führte. Er folgte der Anweisung des Personals, zog sich aus, duschte und betrat das Bad.

Das Becken war größer, als er es sich vorgestellt hatte. Die Wassertemperatur betrug dreißig Grad. Achtendorf strampelte im Solewasser wie ein kleiner Junge. Erneut fand er Gefallen an seiner Kur.

Wenn die Alten sich über ihre Krankheiten unterhielten oder nur von Kalorien sprachen, hörte er einfach weg. Er legte seine Hände um die Haltebalken und sah überrascht, wie das Damenkränzchen plaudernd die Badehalle betrat. Die Damen hängten ihre bunten Bademäntel an die Haken und stiegen ins Wasser. Ihre Körper mochten verwelkt sein, aber ihr Elan war ungebrochen. Sie schwammen ein paar Bahnen, ohne Achtendorf zu bemerken. Danach näherten sie sich den Massagedüsen. Doch dem kurenden Kriminalrat stand eine weitere Überraschung bevor.

Hansky Junior schob den Rollstuhl seiner Mutter in die Halle. Frau Hansky trug einen zweiteiligen Badeanzug, der ihre gute Figur unterstrich.

Olaf ließ das Gefährt langsam ins Wasser gleiten. So als habe Frau Hansky ihre Krankheit in den Griff bekommen, erhob sie sich, langte nach den Haltebalken und machte strahlend einige Schritte. Eine Krankengymnastin stieg zu ihr ins Becken.

Achtendorf schlich sich aus dem Solebad. Er suchte den Ruheraum auf, legte sich auf eine der Relaxliegen und schaute durch das Fenster in den weiten Park, in dem das Grün auf Sonne wartete.

Er dachte an den toten Harry. War er ein Nachlaßjäger gewesen? Ein Mann, der sich alten liebeshungrigen Damen aus Geldgier hingegeben hatte? Und war hier vielleicht das Motiv für seinen gewaltsamen Tod zu finden?

Achtendorf dachte lange nach, und schließlich fiel er in einen leichten Schlaf.

7

Als Kriminalrat Achtendorf den Speisesaal betrat, aßen die Gäste bereits. Es gab Hawai-Toast und eine Aufschnittplatte. Die Stimmung war nicht sonderlich bedrückt, über Harry wurde nicht gesprochen. Es war, als wollten alle ihre innere Unruhe mit äußerer Gelassenheit überspielen.

Frau Hansky saß neben ihrem Sohn. Ihr Gesicht wirkte entspannt und ausgeglichen. Ihr kleiner Sieg über ihre gelähmten Beine schien den Schmerz ihres Verlustes zu mildern.

Nur Dr. Zürmatt war nicht anwesend. Für ihn war auch nicht gedeckt. Achtendorfs Tischnachbarinnen benahmen sich wie kleine alberne Schulmädchen, denn die Gräfin hatte telefonisch für sich und ihre Busenfreundinnen Reitstunden im Schimmelhof für den morgigen Tag angemeldet.

»Gräfin, ich verstehe nichts von Pferden. Meine wenigen Kenntnisse habe ich den Wild-Westfilmen entnommen. Diese Tiere können unberechenbar sein! Denken Sie an Ihr Testament, wenn Sie sich einem jungen, wilden Hengst anvertrauen«, frotzelte Achtendorf.

»Junger Mann«, entgegnete Frau von Windbach empört, »so kann nur einer reden, der nie die Sonnenseiten des Lebens kennengelernt hat. Wir sind mit Pferden groß geworden!« sagte sie empört.

Nun saß Achtendorf in der Patsche. Pferderennen, Gestüte und Turniere, das war ein Thema! Die Damen schwelgten in Erinnerungen. Seine Rettung erschien in der Gestalt von Frau Fortema.

»Herr Achtendorf, Besuch wartet auf Sie in meinem Büro«, sagte sie und rang sich ein Lächeln ab.

Achtendorf verließ erleichtert den Speisesaal.

Kommissar Meyers und Assistent Kluin kamen ihm entgegen.

»Haben Sie Neuigkeiten im Fall Kühnast?« fragte Achtendorf.

»Wir müssen den jungen Hansky verhaften. Sie erinnern sich an den Einbruch im Juweliergeschäft? Er steht im Verdacht, einer der beiden Täter gewesen zu sein«, flüsterte ihm der Kommissar zu.

Achtendorf war überrascht. Er hatte die Räuber gesehen. Auszuschließen war die Beteiligung des jungen Hansky nicht.

Im fiel ein, daß Olaf ein Pflaster an seiner Hand getragen hatte.

Meyers und Kluin waren nicht allein. Ein Beamter der Schutzpolizei wartete geduldig hinter ihnen.

»Haben Sie einen Haftbefehl?« fragte Achtendorf.

»Ja, wir haben Frau Fortema bereits unterrichtet. Sie

wünscht natürlich so wenig Aufsehen wie möglich«, sagte Meyers.

»Ich hole den Jungen«, sagte Achtendorf. Das wird ein Getratsche, dachte er, als er den Speisesaal betrat.

Er näherte sich dem Tisch, deutete eine Verbeugung an. Frau Hansky sah ihn an. In ihrem Blick lag eisige Kälte.

»Herr Hansky Junior, draußen warten ein paar Herren auf Sie!« sagte er, bemüht, freundlich zu wirken.

Olaf Hansky lächelte gequält, erhob sich, stieß Achtendorf unerwartet heftig zur Seite und verließ blitzartig den Speisesaal. Kurz darauf hörten sie ein lautes Gepolter von draußen. Er war den Polizeibeamten in die Arme gelaufen.

Wild protestierend, wurde er von Kluin und den Polizisten abgeführt.

Achtendorf begleitete Kommissar Meyers durch die Bibliothek zum letzten Zimmer auf dem Gang. Der junge Hansky bewohnte, wie seine Mutter, ein luxuriöses Zimmer. Er hatte nicht aufgeräumt. Ein Haufen Illustrierter und Zeitungen lag auf dem Fernsehgerät. Auf dem Schreibtisch stapelten sich Reisekataloge für höhere Ansprüche. Ein Antrag auf Mitgliedschaft im hiesigen Golfclub trug die Unterschrift der Mutter. Im Schrank hingen Anzüge bester Qualität neben Klamotten im Stile des Gammellooks.

Auf dem Schrankboden stand eine Umhängetasche. Meyers hob sie auf. Sie war schwer. Er öffnete sie und reichte sie Achtendorf.

»Der Beweis«, sagte er nur. Die Tasche war gefüllt mit Schmuck und teuren Uhren der Spitzenklasse.

»Das hatte der Bengel doch nicht nötig«, stöhnte Achtendorf.

»Er ist eben aus der Art geschlagen«, antwortete Meyers.

»Wollen Sie die Mutter sprechen?« fragte Achtendorf.

»Das ist überflüssig! Olaf Hansky ist ein erwachsener Mann und seine Mutter eine geschlagene Frau.«

Sie verließen das Zimmer.

»Schrecklich! Und das alles in meinem renomierten Haus«, stöhnte Frau Fortema. Sie war den Tränen nahe.

»Verraten Sie nichts! Ich ziehe mich zurück«, sagte Achtendorf.

»Und wenn die Gäste nach Ihnen fragen?« schluchzte sie.

»Sagen Sie ihnen, ich sei außer Haus! Ach, was ich noch wissen möchte, ist Dr. Zürmatt bereits abgereist?«

»Nein, er wohnt noch hier. Er frühstückt auf seinem Zimmer. Er wird auch nicht am Mittag- und Abendessen teilnehmen, da der Professor ihm eine Abmagerungskur empfohlen hat«, sagte sie.

»Danke! Gute Nacht«, entgegnete Achtendorf und suchte sein Zimmer auf.

8

Achtendorf schlief bis neun Uhr.

Als er aus dem Fenster schaute, trug das Meer aufgepeitschte Schaumköpfe. Ein heftiger Wind trieb weiße Wolken vor sich her. Es regnete nicht mehr. Immerhin etwas, dachte er.

Im Speisesaal hatte Zasimet das Geschirr seiner Tischnachbarinnen bereits abgeräumt.

»Guten Morgen, Herr Stadtdirektor. Besitzt die Kripo erste Spuren?« fragte Frau Wallmann und grinste.

Er stellte ihr eine Gegenfrage: »Gnädige Frau, Sie haben sich doch ebenfalls Gedanken über den Mord an Harry gemacht. Glauben Sie, daß einer unserer Hausgäste als Täter in Frage kommt?«

Frau Wallmann stutzte. »Ich bin nur eine überarbeitete Geschäftsfrau. Aber so schlecht wie Sie wage ich nicht über meine Mitmenschen zu denken.« Sie erhob sich und verließ mit einiger Entrüstung den Speisesaal.

Achtendorf frühstückte ausgiebig. Später holte er seinen Mantel und schlenderte zum Kurhaus.

Die Gärtner hatten alle Weichen für den Frühling gestellt. Springbrunnen plätscherten, und die Wege waren ausgebessert.

Hin und wieder stach die Sonne durch die Wolken.

Achtendorf betrat das Kurmittelhaus und ließ sich vom Personal zum Anwendungszimmer begleiten. Er zog sich aus. Der Angestellte bugsierte ihn auf die Schlickpackung.

»Der arme Harry«, meinte der Bademeister.

»Kannten Sie Herrn Kühnast?« fragte Achtendorf. Der Bademeister wickelte ihn in die weißen Tücher und lachte. »Mein Herr, seit dreißig Jahren bediene ich hier die Herrschaften im Kurmittelhaus. Harry war ein Liebling der alten Damen. Da muß ich Ihnen eine Geschichte erzählen. Eine blaublütige von und zu, eine Stammkundin, ließ sich nur im Beisein von Harry behandeln. Nicht ich, sondern der Kühnast mußte sie aus- und einwickeln.«

Der Bademeister klopfte ihm jovial auf die Schulter und wünschte einen angenehmen Schlaf. Doch Achtendorf blieb wach. Der Kriminalrat schaute in den Kurpark, während der Schlick seine Körpertemperatur hochtrieb.

Fräulein Hobala schob die Hansky im Rollstuhl am Fenster vorbei. Das Gesicht der Witwe lag in ernsten Falten. Nun hatte sie überhaupt niemanden mehr. Kühnast war tot, und ihr Sohn saß in Untersuchungshaft. Sie war alleine.

Die Minuten strichen zähflüssig wie Schlick dahin. Endlich erlöste ihn der Bademeister aus seinen verschwitzten Tüchern und beendete schweigend die Behandlung.

Achtendorf zog sich an und spazierte zur Wandelhalle, um den Klängen des Kurorchesters zu lauschen. Unter den Besuchern erkannte er Dr. Zürmatt, der seinen schwarzen Schlapphut zwischen die Knie gezwängt hatte und sich mit zerzausten Haaren hinter einer Zeitung verschanzte.

Plötzlich legte Kommissar Meyers ihm die Hand auf seine Schulter.

»Herr Kriminalrat! Wir haben Sie gesucht. Kommen Sie mit!« sagte er.

Kluin saß in einer Nische. Auf dem Tisch lag die Diensttasche. Achtendorf setzte sich neben den Kriminalbeamten.

»Sie machen mich neugierig«, sagte Achtendorf.

»Wir haben Nachforschungen über die Sanatoriumsgäste eingeholt«, sagte Meyers.

Kluin öffnete die Tasche und holte Unterlagen hervor. Er begann seinen Vortrag:

»Da ist zuerst einmal festzustellen, daß die alternde Hamburgerin, Frau Wallmann, in Wirklichkeit Erna Kinkel heißt. Sie ist in der Tat eine reiche Frau. Sie besitzt in Paris eine Eigentumswohnung.«

»Sie sieht aus wie eine alternde Schauspielerin, doch sie behauptet immer, von einer gutgehenden Boutique zu leben«, erklärte Achtendorf.

»Nach den Angaben unserer Hamburger Kollegen stieg sie als simple Liebesdienerin zur Leiterin eines modernen Eroscenters auf. Danach hat sie sich zur Ruhe gesetzt und besitzt jetzt Anteile von mehreren Etablissements!« dozierte Kluin.

Achtendorf ließ seinen Blick durch die Wandelhalle schweifen. Das Kurkonzert war gut besucht.

»Aus diesem Milieu könnte sich auch Kühnast befreit haben. Vielleicht stieg er vom Zuhälter zum Herzensbrecher alter, reicher Damen auf«, schlug er vor.

Das Orchester spielte einen Wiener Walzer.

»Sie meinen, Harry machte sein Vermögen mit dem Hobel?« fragte Kluin belustigend.

»Mein Bademeister erzählte mir eine Story, die ebenfalls darauf schließen läßt. Harry Kühnast ist auf Norderney inoffiziell eine bekannte Größe gewesen.«

»Nun, ich fahre fort«, sagte Kluin. »Die beiden Damen von der Post kann man abhaken. Aber Frau Hansky hat uns einiges verschwiegen. Ihr Mann leitete seine Firma von Bad Badenweiler aus. Er hatte sich dort nach einem Herzinfarkt einen Bungalow gekauft, um in der Nähe seines Arztes wohnen zu können. Für seinen Reichtum hatte er mit Leberschäden und Zucker bezahlen müssen. Frau Hansky war vor der Ehe eine begehrte Stewardess gewesen und fand sich mit der Einsamkeit nicht zurecht. Der Autounfall hat die Staatsanwaltschaft beschäftigt. Allerdings konnten das Geschwätz einer Boulevardzeitung und die Verdachtsmomente eines leitenden Angestellten der Firma widerlegt werden.

Man erzählte sich, Hansky hätte sich und seine Frau in den Tod fahren wollen.«

Achtendorf stöhnte. »Das bringt mich um meinen Kurerfolg.«

»Informationen über Dr. Zürmatt stehen noch aus. Das eidgenössische Kriminalamt Zürich hat noch nicht geantwortet«, stellte Kluin fest.

»Mein Gott, Sie glauben doch nicht im Ernst, daß Dr. Zürmatt aus der Schweiz angereist kommt, sich zu Harry schleicht, ihn mit einer Frau überrascht, die Pistole zieht, dann ein Tranchiermesser ergreift und ihn ermordet?« fragte Achtendorf erstaunt.

»Wir halten es mit der ostfriesischen Gründlichkeit. Selbst Frau Fortema können wir nicht auslassen. Sie spielt zwar die schwache Frau, aber es ist nicht auszuschließen, daß Harry Kühnast ihr als Lockvogel diente und alte Weiber in ihr Haus brachte. Wenn es um Gewinne geht, fällt manch ein sanftes Lid über ein wachsames Auge.«

»Haben Sie auch Auskünfte über meine Tischnachbarinnen eingeholt?« fragte Achtendorf interessiert.

»Die Gräfin ist echt. Frau Doktor von Keppler heißt eigentlich Elvira von Norf. Sie trägt den angeborenen Adelstitel. Frau von Windbachs Angaben stimmen. Sie können also beruhigt am Tisch der Damen speisen, ohne fürchten zu müssen, umgebracht zu werden«, sagte Kluin.

»Auch die übrigen Gäste geben uns keine Rätsel mehr auf«, sagte Meyers. Kluin verschloß seine Diensttasche und erhob sich.

Das Kurorchester setzte mit der Cardasfürstin Pfeffer in die Herzen der Kurgäste, die sich Marika Rökk als Vorbild im Kampf gegen das Altern erkoren hatten.

Vom Solebad erwarteten sie Wunder. Die Griffe der Masseure taten ihnen gut. Mit den Krankenkassen kämpften sie um jede Mark, während sie versuchten, große Vermögen in eine Ewigkeit zu retten.

Sie verließen das Kurhaus.

Die Sonne kämpfte sich erfolgreich durch die weißen Wolken. Auf der Terrasse des Hohenzollern Hofes saßen erste Gäste im Freien.

»Gut, daß Harry sein ›Handwerk‹ damals noch nicht auf Norderney ausgeübt hat«, sagte Kluin und zeigte auf eine Bronzeplatte. Gegossene Buchstaben verkündeten dort, daß Königin Luise als Kind, als Mädchen, als Frau und im hohen Alter im Hause logiert hatte.

»Nun, auch sein ›Handwerk‹ hat Tradition. Es wird damals gewiß einen ›Harry‹ gegeben haben«, sagte Achtendorf grinsend.

Sie betraten die Winterstraße. Achtendorf blieb vor der renomierten Kunsthandlung in dieser Straße stehen.

»Hier, schauen Sie! Für nur dreitausendachthundert Mark können Sie ein Schnäppchen machen. Etwas für den Hochzeitstag.« Er wies auf das Schaufenster im Vorraum des Geschäftes. »Es handelt sich um das Besteck der Lady von Woodyforth«, fuhr Achtendorf fort.

Meyers blickte ihn überrascht an.

»Messer, Gabeln und Löffel mit echten Hirschhorngriffen!« stellte er fest.

»Ich kenne mich in Tischsitten schlecht aus. Erst recht, wenn es um Wild geht«, antwortete Achtendorf.

»Sie meinen, da fehlt das Tranchiermesser«, stellte Kluin fest.

»Vielleicht weiß die Madame mehr. Ein Herr hat ihr

die antiken Kostbarkeiten aus dem Nachlaß des Deutschen Adels verkauft«, erklärte Achtendorf.

Die mädchenhaft gekleidete vollbusige Geschäftsfrau schaute überrascht auf, als sie die Polizeimarke gezeigt bekam. Sie erkannte Harry auf einem Foto wieder, das Meyers ihr hinhielt. Gesprächig beantwortete sie die Fragen.

»So einfach ist das«, sagte Achtendorf, als sie wieder draußen waren.

Die Straßen waren jetzt belebt. Sie wirkten bei Sonnenschein bunt und freundlich.

»Trinken wir eine Tasse Kaffee«, schlug Meyers vor. Sie schritten über den Kaiserplatz und betraten ein Cafe. Von dort blickten sie auf ein Denkmal, auf dem der Kaiseradler thronte, als bewachte er die in Vergessenheit geratene Gedenktafel, die man unter seinen Krallen angebracht hatte.

An den Tischen erfreuten sich alte Frauen am Illustrierten-Klatsch.

Nicht unerhebliche Werte aus Gold und Silber baumelten an ihren welken Hälsen. Typen wie Harry hätten ihre Freude an ihnen gehabt.

»Es ist anzunehmen, daß die Waffe, die Harrys Karriere so unfein gestoppt hat, aus einer seiner Hausratsauflösungen stammt«, sagte Meyers.

»Wir müssen uns seine Akten vornehmen. Vielleicht finden wir ein Testament, in dem das Besteck aus Castle Woodyforth Erwähnung findet«, schlug Kluin vor.

»Wir wissen noch viel zu wenig über Harrys Vorleben«, meinte Achtendorf. »Sie sollten noch weitere Auskünfte über ihn einholen.«

Während sie Kaffee tranken, gingen sie den Fall noch einmal in allen Einzelheiten durch. Achtendorf verabschiedete sich kurz darauf. Um dreizehn Uhr wurde im Sanatorium das Mittagessen serviert.

9

Zasimet trug mit gesenktem Blick die Vorsuppe auf.

Die Gäste saßen mit ernsten Gesichtern an den Tischen. Es war, als schwebte die Seele des toten Harry Kühnast im Speisesaal. Auch Frau Fortema wirkte niedergeschlagen, als sie damit begann, den frischen Stangenspargel zu servieren.

Achtendorf genoß das teure Essen. Er schaute sich hin und wieder um, beobachtete Frau Hansky, die mit gesenktem Kopf auf den Teller schaute.

Wie eine vorgezogene Trauerfeier, dachte Achtendorf. Selbst die Hamburgerin verzichtete auf ihre bissigen Bemerkungen.

»Schlimm, der Junior ein Krimineller«, flüsterte Gräfin von Akazienhain, ohne Achtendorf anzuschauen.

»Herr Achtendorf, vielleicht war er auch der Mörder«, hauchte Frau von Windbach, neigte sich nach vorne und bugsierte ein daumendickes Spargelstück in ihren Mund. Die Damen trugen, als hätten sie sich abgesprochen, schwarze Blusen und Röcke und nur zartgliedrigen Schmuck.

Frau Wallmann, die bürgerlich Erna Kinkel hieß, verzichtete auf ihren Nachtisch. Mit gesenktem Blick schritt sie an Achtendorf und seinen Damen vorbei, stellte sich hinter den Rollstuhl und fuhr Frau Hansky aus dem Speisesaal.

So, als hätte der Mord an Harry die bisherigen sozialen Schranken gesprengt, fanden sich alle im Sesselzimmer ein, holten noch Sitzgelegenheiten aus dem Fernsehzimmer und rauchten Zigaretten.

Achtendorf fand einen freien Platz neben den Postbediensteten.

»Wollen Sie Ihre Damen nicht zum Schimmelhof begleiten?« fragte Fräulein Hobala, als suchte sie nach einem Weg, die triste Stimmung aufzuheitern.

»Dort gibt es noch freie Stuten«, flachste Fräulein Frontzek.

»Davon gibt es auf Norderney genügend«, antwortete Achtendorf bissig.

Frau Wallmann stand an der Tür und hüstelte. Sie trug einen dunklen Hosenanzug und betonte mit einer bunten Krawatte ihre Rolle als Emanze.

»Herr Stadtdirektor, wie wäre es mit uns beiden? Ein Kännchen Kaffee im Cafe Cornelius?« fragte sie und verbeugte sich in einer ironischen Geste.

»Wenn Sie dort gegen sechzehn Uhr auf mich warten? Das Wetter ist gut, aber ich habe noch eine Unterwasser-Druckstrahl-Massage auf dem Laufzettel«, sagte Achtendorf.

»Das ist ein Wort, Herr Stadtdirektor. Ich bin zu schlecht auf meinen Beinen. Den Weg am Strand entlang schaffe ich nur einmal. Ich werde ein Taxi nehmen.«

»Gut, ich muß mich verabschieden«, sagte Achtendorf.

Gräfin von Akazienhain schaute Achtendorf mit errötendem Gesicht an. »Herr Achtendorf, wenn Sie Kaffeehausliebhaber sind, wir hätten da noch einen Geheimtip«, sagte sie.

»Gerne, ich werde zusehen, daß ich noch vor Harrys Beerdigung Zeit finden kann«, antwortete er.

Die Gesichter der Anwesenden wurden ernst. Achtendorf ging nach oben, packte seine Badetasche und verließ das Sanatorium.

10

Norderney zeigte sich von seiner schönsten Seite. Die Sonne schien vom blauen Himmel, spiegelte sich im Wasser und verwöhnte die Dünen mit hellem Licht.

Selbst das Cafe Cornelius, ein moderner Zweckbau, wirkte bei Sonnenschein mit seinen großen Fensterelementen einladend.

Achtendorf entdeckte Frau Wallmann, die ihm zuwinkte, als er sich dem Gebäude näherte.

Der Raum war groß, aber dennoch gemütlich. Zu dieser Tageszeit suchten etliche Spaziergänger hier Ruhe und Entspannung. Achtendorf setzte sich zu Frau Wallmann an den kleinen Tisch.

Auf ihrem blonden Haar saß eine rote Baskenmütze, wie sie die Panzerführer der Bundeswehr tragen. Ihr Hosenanzug glich einer Fallschirmjäger-Monitur. Selbst die Stiefel fehlten nicht.

Ein junges Mädchen fragte ihn, ob er, wie die Dame, das Gedeck wünsche.

»Ein Kännchen Kaffee, Pistazientorte und ein märchenhafter Seeblick für fünf Mark und fünfzig«, erklärte ihm Frau Wallmann.

Achtendorf nickte.

»Haben Sie sich von Professor Juskow in ihre früheren Leben führen lassen?« fragte Frau Wallmann und lächelte.

»Das Thema interessiert mich nicht. Vor mir liegen diesseitige Fragezeichen. Warum sollte ich nach weiteren suchen?« meinte Achtendorf, der sich darüber wunderte, daß auch die bodenständige Frau Wallmann, die ihr Vermögen mit ihrem Körper und der Ware Liebe gemacht hatte, sich wie die Gräfin scheinbar angeregt auf dem Spielplatz der Grenzwissenschaften tummelte.

»Herr Stadtdirektor! Ich besitze nachweislich vier Leben vor dem jetzigen. Auf dem Gebiet der Reinkarnation sind Sie also unbelastet. Aber was halten Sie von Vorahnungen?« fragte sie und schaute ihn durchdringend an.

Die Serviererin brachte den Kuchen und die Kaffeekännchen.

Frau Wallmann zog ein kompaktes Goldkästchen aus ihrer Jacke und ließ es aufspringen. Achtendorf entnahm dem Luxusetui eine Zigarette.

»Frau Wallmann, mir sind solche Erlebnisse fremd. Träume vom Lottoglück hatte ich schon. Sie blieben aber unerfüllt«, antwortete er.

Sie rauchten und bedienten sich mit Kaffee. Als sie die Kippen in den Aschenbecher drückten, begann Frau Wallmann mit der Kuchengabel das Tortenstück zu zerlegen. Mit ernsten Blicken führte sie Happen um Happen in ihren Mund.

»Herr Achtendorf, spielen Sie nicht den Naiven«,

sagte sie. Die schwermütige Melodie von Dr. Schiwago drang an sein Ohr. Die Frau ihm gegenüber war sicher zwanzig Jahre älter als er. Rannte sie sinnlos ihrer Jugend hinterher? Hatte ihr Prostituierten-Leben sie ausgelaugt? Waren ihr die Jahre zwischen Bettbesuchen und Drinks zerronnen?

Achtendorf goß sich Kaffee nach und aß schweigsam seinen Kuchen.

Plötzlich schaute Frau Wallmann ihn an.

»Herr Achtendorf, ich habe Angst!« sagte sie. Achtendorf bemerkte die Ernsthaftigkeit, die in ihrer Stimme lag. Er schob den Teller von sich.

»Vor was?« fragte er.

»Herr Stadtdirektor, Harry ist tot, der junge Hansky sitzt hinter Gittern. Nun bleiben mir nur noch Sie«, sagte sie und lächelte gequält.

Aus den Lautsprecherboxen tönte ›Rote Rosen, rote Lippen, Roter Wein . . .‹, ein Schlager der frühen sechziger Jahre. Frau Wallmann horschte auf. »Ach, damals lernte ich Harry kennen«, sagte sie. In ihr Gesicht zog ein friedliches Lächeln.

»Das liegt lange zurück. Sang das nicht Rudi Schurricke?« fragte Achtendorf.

So, als hätte sie geträumt, fragte sie: »Wovon reden Sie? Ich war gerade in Gedanken.«

»Vielleicht in einem früheren Leben«, scherzte Achtendorf.

»Paradiese existieren nur in Träumen«, bemerkte sie und stierte vor sich hin. Wieder in Gedanken versunken, aß sie den Rest ihres Kuchens. Nach einer Weile winkte sie die Bedienung an den Tisch.

»Ich zahle«, sagte Achtendorf, als sie ihre Geldbörse aus der Brusttasche ihrer Jacke zog.

»Lassen Sie das! Vielleicht ist das die letzte Zeche meines Lebens! Und so bürgerlich! Pistazientorte mit Kaffee!« Sie reichte dem Mädchen einen Zwanzigmarkschein und verzichtete auf das Wechselgeld. Sie lachte aus vollem Halse und neigte sich nach vorne.

»Herr Stadtdirektor, leihen Sie mir Ihren Arm! Das Wetter ist so schön! Führen Sie mich am Meer entlang in die Stadt.«

Sie verließen das Cafe.

Wie ein glückliches Pärchen wanderten sie mit bedächtigen Schritten durch den aufgelockerten Sand des Strandes. Oft blieben sie stehen und sahen auf das Meer hinaus. Die Sonne schuf glitzernde Lichtreflexe, die ihnen die Augen blendeten. Im Sturzflug fischten sich Möwen kleine Seetiere aus den zurückfließenden Wellen.

»Sie schweigen, Herr Stadtdirektor? Das ist gut so. An Ihrem Arm beginne ich mich auf ein weiteres Leben vorzubereiten«, sagte sie und kuschelte sich wie eine Geliebte an ihn.

Achtendorf gab keine Antwort. Er fühlte sich zum Meer hingezogen. Den weiten Blick auf den sich roteinfärbenden Horizont empfand er wie eine Offenbarung.

Am Januskopf verließen sie den Sand. Über die Kniphauser Straße gelangten sie in die Roonstraße.

»Bitte seien Sie so freundlich und begleiten Sie mich für wenige Minuten in die Kirche«, bat Frau Wallmann mit flehender Stimme.

Auch ich werde meinem Alter nicht davonlaufen können, dachte Achtendorf, also tun wir ihr den Gefallen.

Geduldig führte er Frau Wallmann durch das Portal der Kirche. Sie segnete sich, ohne seinen Arm freizugeben. Dann zog sie ihn langsam in die Nähe der brennenden Kerzen. Für Sekunden schaute sie auf den Altar, der in buntes Licht getaucht lag, das durch die Bleiverglasung fiel. Erst jetzt löste sie sich von seinem Arm, öffnete ihr Portemonnaie, schob Geldscheine in einen Opferstock, langte nach einer Kerze, deren Docht sie an einer anderen entflammte, und steckte sie in eine Halterung. Sie schloß für eine Weile die Augen, ganz so, als bete sie. Danach hakte sie sich wieder bei Achtendorf ein.

»Begleiten Sie mich zum Sanatorium«, sagte sie und lächelte verschmitzt.

Achtendorf fühlte die Festigkeit ihres Griffes.

»Herr Kriminalrat, ich danke Ihnen, daß sie soviel Geduld aufbringen! An Ihre Seite gehört eine schöne junge Frau!« sagte sie freundlich.

Achtendorf stutzte.

Er schritt mit ihr langsam durch die Moltke Straße und bemerkte die neugierigen Blicke der Menschen, die ihnen begegneten.

»Woher wissen Sie?« fragte er nach einer Weile.

Frau Wallmann lachte.

»Ich habe auch meine Informationskanäle! Außerdem, als Stadtdirektor hätten Sie mir nie Ihren Arm gereicht.«

Achtendorf schwieg. Warum sollte er sich jetzt neugierig stellen und nach ihrer Informationsquelle fragen? Seine Kollegen hatten den Fall aufzuklären, nicht er.

Erst kurz vor dem Sanatorium löste sich Frau Wallmann von seinem Arm. Sie blieb stehen, blickte sich um und gab ihm einen mütterlichen Kuß auf die Wange.

»Herr Kriminalrat, das ist mein Dankeschön! Nun

essen wir getrennt, und hinterher schlafen wir getrennt. Doch werfen Sie bitte heute Nacht einen Blick in den Korridor und auf meine Zimmertür. Sie wissen, ich bewohne das Zimmer hinter dem Aufzug, direkt gegenüber dem Zimmer von Harry.«

Ohne eine Antwort abzuwarten, schritt sie vor ihm her und betrat das Sanatorium. Achtendorf folgte ihr nachdenklich.

11

Frau Fortema reichte Achtendorf einen Zettel, den er ungelesen einsteckte. Er blickte hinter Alice Wallmann her, die zum Aufzug ging.

Die adeligen Damen saßen bereits in den Sesseln und warteten auf den Gong, der bald das Abendessen ankündigen würde.

Achtendorf benutzte die Treppe, um zu seinem Zimmer zu gelangen. Als er aufschloß, bemerkte er ein Couvert, das jemand unter den Türschlitz geschoben haben mußte.

Er bückte sich und hob den Brief auf. Der Umschlag enthielt einen gefalteten Papierbogen. Er war mit Zeitungsschnitzeln beklebt.

Achtendorf setzte sich in den Sessel und betrachtete das Sammelsurium aus Buchstaben verschiedener Zeitungsdruckzeilen. Der Text faszinierte ihn.

»Harry war mit einer Frau auf seinem Zimmer. Eine Kletterin mit langen Haaren hat sich in einem Jogginganzug vom Garten her Zugang zu seinem Zimmer verschafft und das Liebespaar überrascht. Die Mörderin trug einen Rucksack!«

Achtendorf las den Text mehrmals. Er ging in Gedanken die Hausbewohner durch. Niemand der kurenden Damen trug das Haar lang. Auch suchte er vergebens nach einem passenden Motiv. Sollte diese Nachricht nicht einem krankhaften Hirn entsprungen sein, dann gab es immerhin eine Zeugin oder einen Zeugen. Aber warum suchte diese Person den anonymen Weg?

Frau Wallmann hatte angedeutet, daß sie Angst hatte. Sollte die sonst so vorlaute Hamburgerin, die eine anrüchige Vergangenheit verbarg, sich mit dem schönen Harry vergnügt haben, als der Mörder mit vorgehaltener Waffe erschienen war?

Achtendorf steckte den Brief ein.

Er holte den Zettel hervor, den Frau Fortema ihm überreicht hatte.

»Wenn Sie Zeit haben, besuchen Sie uns gegen neunzehn Uhr im Theaterstübchen! Meyers.«

Nun, Zeit hatte Achtendorf, aber auch eine Menge Fragen! Der Gong läutete das Abendessen ein. Er legte das nasse Badezeug auf die Heizung und verließ sein Zimmer.

Die Stimmung der Gäste hatte sich gebessert. Er schritt an seinen Tisch, begrüßte die Damen und nahm Platz. Frau von Windbach befreite elegant mit Messer und Gabel den Inhalt einer Teewurst aus der Pelle, während die künstlichen Zähne der Gräfin beim Radieschenzerbeißen klapperten. Es war Frau Dr. von Keppler, die fragte:

»Herr Achtendorf, hielten Atmosphäre, Kaffee und Kuchen, was Frau Wallmann Ihnen versprochen hatte?«

Die Blicke seiner Tischnachbarinnen fingen ihn ein wie Scheinwerfer.

»Ein wahrer Geheimtip, dieses Cafe, meine Damen«, sagte er und schaute sich um.

Frau Wallmann schien das Essen herunterzuwürgen. Plötzlich verließ sie ihren Platz und schritt wortlos aus dem Speisesaal.

Nach dem Essen kümmerte sich Zasimet um Frau Hansky. Achtendorf begleitete die Damen der Post und seine Tischnachbarinnen in das Sesselzimmer.

»Herr Achtendorf, Sie kapseln sich nicht nur von den reizenden Schönen ab, sondern auch von uns verblühten Alten«, bemerkte die Gräfin.

»Zur Zeit vertreten Sie im Hause das Mittelalter«, warf Frau von Windbach ein.

»Und nun müssen wir allein und unbeschützt tanzen gehen«, stellte Erika Hobala fest.

»Ich kann weder tanzen, noch liegt mir etwas an Musik«, antwortete Achtendorf.

»Das können wir ändern, begleiten Sie uns zum Konzertsaal. Da treten heute die ›Westfälischen Nachtigallen‹ auf! Eine Revue der Jugend, der Schönheit, der Träume und der Vielfalt«, schwärmte ihm Frau Dr. von Keppler vor.

»Meine Damen! Ich wünsche Ihnen einen schönen Abend! Ich habe einen Termin mit Freunden. Vielleicht verhelfen mir die Schlickpackungen zu meinem alten Unternehmungsgeist zurück«, sagte Achtendorf und ging zum Aufzug.

Er holte seinen Mantel und verließ das Haus durch den Kellerausgang.

Die Straßen waren voller Leben. Überall schlenderten Menschen, tankten die frische Luft und genossen die nur vom Meeresrauschen durchbrochene Stille. In den Theaterstuben befanden sich dagegen nur wenige Gäste. Kommissar Meyers und Assistent Kluin saßen an einem Fenstertisch. Er setzte sich zu ihnen und bestellte bei der Bedienung ein Bier. Er hörte Meyers zu, der ihm den neuesten Stand ihrer Recherchen vortrug.

»Es gibt in der Tat eine Spur, die in das Milieu der Erna Kinkel führt. Harry Kühnast, der hier als reicher Mann einen gewaltsamen Tod fand, sich als Vermögensberater alter betuchter Damen betätigte, hinterließ in jungen Jahren im Hamburger Polizeipräsidium einige Aktenrückstände. Nach einer gescheiterten Schullaufbahn am Gerhart-Hauptmann-Gymnasium in Hamburg-Rahlstedt begann er bei der Post eine Ausbildung zum Postjungboten. Nach der Abschlußprüfung ist er in den Zustelldienst eingewiesen worden. Nach anfänglich gutem Laufbahnstart muß Harry der reinste Bummelant geworden sein. Überprüfungen ergaben, daß Kühnast sich in seinem Zustellbezirk St. Pauli als tüchtiger standfester Liebhaber junger vernachlässigter Frauen betätigt hatte. Die Post trennte sich von ihm. Doch Harry hatte inzwischen begriffen, wo es mehr für ihn zu verdienen gab. Der Kripo Hamburg fiel er erst wieder auf, als er als Zuhälter Opfer eines Konkurrenten wurde. Harry war nicht der Mann, der Fäuste oder Schußwaffen im Kampf um Marktanteile einsetzte. Sein Charme und die liebevolle Betreuung seiner Mädchen verunsicherten seine Kollegen. Mit einem falschen Ausweis schleusten sie eine Minderjährige in seine Truppe, der sich Harry mit seiner Vitalität besonders widmete. Die Sache ging hoch. Harry mußte hinter Gitter. So in die Enge getrieben, räumte er ganz das Feld und fand eine neue Nische. Er spezialisierte sich auf alte Frauen, die großzügig seine Jugend vernaschten. Kühnast wurde mit seiner Kundschaft älter und verlegte sein Betätigungsfeld in die feinen Bäder. Über Badenweiler gelangte er dann nach Norderney.«

Achtendorf prostete seinen Kollegen zu. »Eine legale Tour«, sagte er und trank sein Glas leer. Er bestellte bei der Bedienung drei Bier.

»Heute vormittag erreichte uns ein Fernschreiben des eidgenössischen Kriminalamtes Zürich. Dr. Lugi Zürmatt, Ihr Kur-Kollege, Herr Kriminalrat, befindet sich als Regisseur mit der Theatertruppe ›Der rote Karren‹ auf einer Deutschlandtournee. Aus technischen Gründen mußte nach einer Aufführung in Münster eine Unterbrechung in Kauf genommen werden.«

Die junge Wirtin brachte das bestellte Bier und suchte wieder den Tresen auf.

»Dann nutzt Dr. Zürmatt die Zwischenzeit für eine Kur«, stellte Achtendorf fest.

»Prost«, sagte Meyers. Er strahlte Optimismus aus und war stolz auf die Ergebnisse ihrer Recherchen, obwohl Harrys Tod weiterhin mit vielen Fragezeichen versehen war.

Als sie die Gläser absetzten, legte Achtendorf den Schnipselbrief auf den Tisch.

»Eine Verarschung oder ein heißer Tip«, sagte er.

»Die Nachricht steckte Ihnen ein Hausgast zu?« fragte Meyers und reichte den Brief an Kluin weiter.

»Der Inhalt entbehrt nicht der Logik«, stellte Meyers fest.

»Aber es gibt keine sportliche, langhaarige Dame im Sanatorium, die eine Kiefer zum Einstieg in das Zimmer benutzt haben kann. Außerdem vermuteten wir bisher, daß der Täter – oder die Täterin – durch die Tür ins Zimmer kam und die Kiefer nur zum Abstieg benutzte.«

»Aber die Dame, die Harry mit seiner Männlichkeit bestiegen haben könnte, müßte doch zu den Kurgästen zählen«, stellte Meyers fest.

»Es fällt mir schwer, dabei an meine Tischnachbarinnen zu denken. Frau Hansky, die Rollstuhlfahrerin, könnte ich mir schon als seine Bettgenossin vorstellen. Allerdings als eine Dame von Welt und mit Reichtum gesegnet, läßt sie sich wohl nicht so einfach nach einem Beischlaf in den Rollstuhl packen, um den nackten Geliebten zu verlassen. Ich kann mir nicht vorstellen, daß sie erpreßbar ist«, stellte Achtendorf fest.

»Außerdem hat der junge Olaf Hansky seine Mutter abgeholt. Und da lebte Kühnast noch«, gab Kluin zu bedenken.

»Und die hübschen Damen von der Post?« fragte Meyers.

»Die haben ein Alibi«, sagte Achtendorf.

»Vielleicht wollte sich nur jemand wichtig machen«, meinte Kluin.

»Herr Kommissar, legen Sie die Klebearbeit zu den Akten. Ich werde weiterhin im Sanatorium die Augen offenhalten«, sagte Achtendorf. Er verabschiedete sich, um das Sanatorium aufzusuchen.

Sein Rendezvous mit Alice Wallmann hatte er absichtlich verschwiegen. Dafür war Zeit bis morgen. Und morgen konnte er ihr vielleicht mit Fragen näherkommen und erfahren, vor was sie wirklich Angst hatte.

12

Achtendorf schritt zügig aus. Die Luft war glasklar, die Straßen leer. Auf dem Promenadenplatz näherte er sich der Brandungsmauer und lauschte für Sekunden dem Brausen der Nordsee. Der Mond sorgte für genügend Licht. Die Nacht war sternenklar.

Plötzlich fiel ihm Frau Wallmann ein. Er hatte ihr versprochen, hin und wieder einen Blick in den Flur zu werfen. Er schaute auf seine Armbanduhr. Es war dreiundzwanzig Uhr und zehn Minuten. Entschlossen eilte er dem Sanatorium entgegen.

Das Büro war unbesetzt, die beiden Aufenthaltsräume leer. Nur das kleine Seitenlämpchen im Fernsehzimmer brannte noch.

Achtendorf betrat die Küche und entnahm dem Kühlschrank ein paar Flaschen Bier. Er trug sie auf sein Zimmer, entledigte sich seines Mantels und suchte den Flur auf, auf dem Frau Wallmanns Zimmer lag. Die Deckenlampe brannte noch. An Harrys Tür klebte die Siegelmarke der Polizei.

Er blickte sich um. Es war still. Entschlossen näherte er sich der Tür, hinter der Frau Wallmann schlief.

»Ist alles klar?« rief er mit gedämpfter Stimme. Er horchte, doch er bekam keine Antwort. Ein zweiter Versuch blieb ebenfalls ohne Ergebnis. Vorsichtig drückte er die Klinke nach unten. Die Tür ließ sich öffnen. Er betrat das Zimmer.

Eine Stehlampe auf dem Schreibtisch warf einen schwachen Lichtkegel, der das Zimmer in Schummerlicht tauchte.

»Frau Wallmann«, rief er und wagte sich weiter vor.

Sein Atem stockte. Das Zimmer war leer. Achtendorf schaute sich hastig um. Auf dem Bett lag die Tagesdecke. Sie war akkurat gefaltet, so wie das Personal sie morgens ausgebreitet hatte.

Achtendorf entdeckte einen leeren Kleiderbügel. Nirgendwo sah er ihr rotes Barett.

Hastig eilte er zum Bad. Er öffnete vorsichtig die Tür. Am Haken hingen Handtücher und ihr Bademantel. Verwirrt näherte er sich dem Schrank. Die Tür war unverschlossen. Alice Wallmann liebte ausgefallene Kleidung. Achtendorf griff in die Fülle aus Flanell, Cord, Leder und Wolle. Er stellte fest, daß die Fallschirmjägermontur, die sie am Nachmittag getragen hatte, nicht da war. Der Kriminalrat suchte nach einer weiteren Bestätigung seines Verdachtes und wühlte sich durch den Berg von Schuhen und Stiefeln, die den Schrankboden füllten.

Entsetzt wurde ihm bewußt, daß Alice Wallmann nach dem Abendessen das Sanatorium verlassen haben mußte und noch nicht zurückgekommen war. Er schaute auf seine Uhr. Dreiundzwanzig Uhr fünfunddreißig. Warum hat sie ihr Zimmer nicht verschlossen, wenn sie noch einen Spaziergang machen wollte. Die Wallmann war alt. Ihr konnte etwas zugestoßen sein. Er dachte an ihre Äußerungen am Nachmittag im Cafe Cornelius.

Achtendorf startete erneut eine flüchtige Durchsuchung des Zimmers. Erst jetzt bemerkte er die Cognacflasche und den Schwenker auf dem Schreibtisch. Ein Aschenbecher enthielt einige Kippen. Diese Gegenstände standen außerhalb des Lichtkegels.

Sollte er Frau Fortema benachrichtigen? Oder Meyers um Hilfe und Rat bitten? Das war absurd! Alice Wallmann konnte doch wohl den Weg zum Sanatorium alleine zurückfinden. Es sei denn . . .

Achtendorf näherte sich der Tür. Der Schlüssel steckte von innen. Entschlossen verließ er das Zimmer und betrat den Flur.

Er suchte sein Zimmer auf, griff sich ein Blatt Papier und schrieb mit einem Filzstift in großen Buchstaben: Liebe Frau Wallmann, Ihr Zimmerschlüssel befindet sich in guten Händen! Ihr Stadtdirektor von Nummer 31! – Dann riß er einen Klebestreifen von der Rolle und ging bedächtig zurück, bemühte sich, jedes fremdartige Geräusch zu registrieren. Er klebte den Zettel auf die Tür mit der Nummer 16 und verschloß das Zimmer.

Mit unguten Gefühlen ging er zurück in seine Unterkunft und setzte sich in den Sessel.

Er wollte einfach warten und dasein, wenn und falls Alice Wallmann zum Sanatorium zurückfand.

Achtendorf trank Bier und rauchte Zigaretten. Er döste vor sich hin. Vergeblich wartete er auf die erlösenden Klopfzeichen an seiner Tür. Das letzte Mal, als er auf seine Armbanduhr schaute, war es zwei Uhr und dreißig Minuten.

Danach schlief er im Sessel ein.

Achtendorf erwachte aus einem bösen Traum. Er rieb sich die Nackenmuskeln, die ihn furchtbar schmerzten. Verwirrt schaute er um sich und sah den Schlüssel vor sich liegen. Wie elektrisiert sprang er auf. Die Wallmann, dachte er entsetzt. Es war zwecklos zu ihrem Zimmer zu gehen.

Der brummende Ton des Staubsaugers kündigte an, daß er dabei war, die Frühstückszeit zu verpassen.

Nachdenklich blickte er auf die leeren Bierflaschen und den gefüllten Aschenbecher und spürte einen beißenden faden Geschmack auf seiner Zunge. Sein Kopf schmerzte.

Alice Wallmann war nicht nach Hause gekommen.

Scheiße, dachte er, nun mußte er handeln. Er konnte sich nicht einfach an den Frühstückstisch setzen.

Achtendorf ließ sich von dem bedrohlichen Surren des Staubsaugers nicht irritieren. Er zog sich aus. So unbekleidet kam er sich sündig vor. Seine Gedanken schweiften in die Vergangenheit des ermordeten Kühnast und der verschwundenen ehemaligen Liebesdame.

Er duschte heiß und wechselte die Wäsche. Er entschied sich für seine Cordhose, wählte ein frisches Oberhemd und zog seine Lederjacke über.

Danach langte er nach dem Schlüssel und verließ sein Zimmer.

Als er den Speisesaal betrat, stellte er fest, daß alle Gäste bereits gefrühstückt hatten. An seinem Platz stand eine Thermoskanne mit Kaffee. Auf einem Teller lagen zwei Brötchen mit den Minischälchen, die Wurst und Marmelade enthielten. Er legte den Schlüssel unter seine Serviette und langte hungrig nach den Brötchen. Sie waren noch knusprig. Der heiße Kaffee möbelte ihn auf. Der fade Geschmack auf seiner Zunge verflog.

Niemand kann einfach verschwinden, dachte er.

Zasimet erschien an der Tür und blickte in den Speisesaal. Sie lächelte entschuldigend.

»Schicke die Chefin zu mir! Sage, es sei dringend!« rief er dem Mädchen zu.

Frau Fortema erschien mit hochrotem Kopf.

»Herr Achtendorf, Sie haben die Zeit nicht eingehalten. Ich hoffe, Sie wollen sich nicht auch noch beschweren«, sagte sie bissig.

»Im Gegenteil, Frau Fortema. Schauen Sie an mir vorbei auf den Tisch der Hamburgerin«, sagte er.

»Ihre Verspätung ist mir unverständlich! Ich habe sie eben wecken wollen!« sagte sie empört.

»Und hat sie geantwortet?« fragte Achtendorf.

»Nein, sie hat den Hörer nicht abgenommen«, sagte Frau Fortema. Sie stand aufrecht am Tisch, als wäre sie die Hausordnung persönlich.

»Frau Fortema, hier ist der Schlüssel zu Frau Wallmanns Zimmer. Ich habe ihn gestern nacht an mich genommen, da ihr Zimmer leer war. Die Dame ist bis jetzt nicht wieder aufgetaucht«, sagte er.

Frau Fortema wurde bleich. Sie setzte sich auf den Stuhl, den sonst die Gräfin von Akazienhain mit ihrem Übergewicht ausfüllte.

»Was soll das heißen?« fragte sie verwirrt.

»Im Klartext gesprochen, Frau Fortema, Alice Wallmann wird vermißt«, antwortete Achtendorf.

Die Chefin des Sanatoriums sah ihn ungläubig an.

»Frau Fortema, ich begleitete die Hamburgerin gestern vom Cafe Cornelius hierher. Wir hatten uns bei Kaffee und Kuchen unterhalten. Sie verhielt sich recht merkwürdig und hatte Angst. Ich versprach ihr, in der Nacht nach ihr zu schauen. Das tat ich! Aber sie ist wohl gestern abend ausgeflogen und nicht zurückgekommen«, sagte Achtendorf.

»Mein Gott!« stöhnte Frau Fortema.

»Kommen Sie mit, ich rufe die Kripo an«, schlug Achtendorf vor.

Sie folgte dem Kriminalrat, während sie nervös an ihrer Schürze fingerte.

Achtendorf wählte die Nummer der Polizei und ließ sich mit Meyers verbinden. Guter Rat war teuer. Der Kommissar notierte sich Alter, Aussehen und Kleidung und alle restlichen Daten, die Achtendorf liefern konnte.

»Wir werden nach ihr suchen lassen, Herr Kriminalrat«, sagte Meyers. »Ich hole Sie ab, wir können uns dann ebenfalls nützlich machen.« Meyers legte auf.

»Erst die Sache mit Harry und dann das! Mein Haus kommt in Verruf«, stöhnte Frau Fortema.

»Warten Sie doch erst einmal ab«, sagte Achtendorf und verschwieg seine Befürchtungen. »Halten Sie das Telefon im Auge, falls jemand anruft.«

Vor der Eingangstür des Sanatoriums wartete er auf Meyers. Nach wenigen Minuten parkte der Kommissar den Polizeiwagen vor dem Haus. Achtendorf stieg ein und begrüßte Kluin, der auf dem Rücksitz hockte.

»Herr Kriminalrat, ich habe das Terrain oberhalb des Café Cornelius und der ›Weißen Düne‹ für uns vorgesehen, während die Kollegen der Schutzpolizei am Januskopf die Suche aufnehmen. Sollten keine Erfolgsmeldungen eingehen, wird uns die freiwillige Feuerwehr unterstützen«, sagte Meyers und fuhr los.

Achtendorf blickte während der Fahrt auf die vorüberziehenden Pensionen, dann auf die weite Dünenlandschaft. Sie war ihm vertraut geworden wie die Straßen von Bad Harzburg. Das Wetter war freundlich und frühlingshaft.

Meyers parkte den Wagen. Sie schritten am Restaurant ›Weiße Düne‹ entlang und kamen zum Strand. Er lag weiß und unberührt im Sonnenlicht vor ihnen. Die Nordsee warf das Wasser der Ebbe im Rückzug schaumig und weiß auf den Sand. Wo sich im Sommer Tausende in Strandzelten sonnten und ihre Plätze in Kleingärtnermanier mit Sandburgen eingrenzten, herrschte jetzt die Einsamkeit. Einzelne Spaziergänger verloren sich in der Weite. Möwen belebten kreischend die idyllische Szenerie.

Hier nach der vermißten Alice Wallmann zu suchen, das schien dem Kriminalrat wie eine billige Ausrede für einen morgendlichen Ausflug.

Kluin flachste, machte Witze, doch Achtendorf besaß an diesem Vormittag keinen Sinn für Humor. Er war wirklich besorgt. Die Sache gestaltete sich nicht so einfach wie gedacht. Der weite Strand nahm kein Ende. Die Dünen seitlich setzten ihnen zusätzliche Rätsel, denn überall konnten sich Spuren verstecken.

Buhnen unterbrachen die weite Sicht, und was aus der Ferne oft wie eine Menschengestalt aussah, entpuppte sich aus der Nähe als klobig vermauerte Felssteine, die als Wellenbrecher dienten.

Doch plötzlich verdoppelte Meyers sein Tempo. Achtendorf blieb stehen. Im verschlug es den Atem. Das ablaufende Wasser der Tide umspülte einen Balken, an dem zur Badesaison das Motorboot der DLRG-Schwimmer befestigt wurde. Er erkannte die Umrisse einer menschlichen Gestalt und fiel ebenfalls in einen hastenden Lauf.

Kluin war der Schnellste von ihnen. Er erreichte als erster den Pfahl, der vor der weiten Nordsee stand.

Frau Alice Wallmann hing mit angebundenen Händen an dem Pfahl. Die Flut hatte sie überrollt. Sie war stehend ertrunken und zeigte alle Merkmale einer Wasserleiche. Vergeblich suchte Achtendorf nach ihrem Barret. Ihr Körper war aufgedunsen. Ihr blondes Haar verschmutzt.

»Verdammt«, stöhnte Achtendorf, als er sah, daß in ihrem Rücken ein Messer steckte.

»Horngriff, wahrscheinlich Made in Sheffield«, sagte Meyers.

»Das stellt Einiges auf den Kopf«, stellte Kluin nüchtern fest.

Alice Wallmann war leicht in die Knie gesunken. Sie hing halb seitlich in den Riemen, die sie an den Pfahl banden. »Als wäre sie das Opfer eines Krieges«, sagte Meyers und blickte von ihrer Fallschirmjägermontur auf die Stiefel, aus denen das Wasser schwappte.

»Ich hole Professor Knabe, den Fotografen, und komme mit den Kollegen der Einsatztruppe hierher zurück«, rief Kluin im Davonlaufen.

»Mir ist es rätselhaft, wie die Wallmann hierher gekommen ist. Kommissar, sie sprach von Vorahnungen! Sie hatte mich gebeten, ein Auge auf ihr Zimmer zu werfen. Und nun hat sie hier ihr Schicksal ereilt! Ich nehme an, Harrys Mörder hat erneut zugeschlagen«, sagte Achtendorf. Ihm war zum Kotzen elend.

»Warum folgte sie dem Mörder hierher?« fragte Meyers.

»Frau Wallmann muß großes Vertrauen zu ihm oder ihr gehabt haben, daß sie sich bis hier draußen gewagt hat. Als ich sie gestern nachmittag verließ, bangte sie um ihr Leben«, sagte Achtendorf.

»Ein Opfer mehr! Und weitere Rätsel«, stöhnte Meyers.

»Und ein zweites Messer«, stellte Achtendorf fest.

Sie warteten geduldig, rauchten Zigaretten und hatten sich nicht viel zu sagen. Nach einer Weile schauten sie irritiert dem Punkt entgegen, der sich ihnen knatternd näherte.

»Ein verrückter Typ«, sagte Meyers, als er den Fotografen Jonny von Emden erkannte, der seinen Roller über den nassen Sand donnern ließ. Weite Mantelschöße flatterten hinter ihm im Wind.

»Sein Beitrag zum Umweltschutz«, bemerkte Meyers.

Der Mann stellte seine Vespa ab, langte nach seiner Kamera und sagte nur grinsend: »Moin.« Er umschlich den Pfahl, schoß die Fotos, als bereite seine Aufgabe ihm Vergnügen, drückte pausenlos den Auslöser.

Seine Hosenränder und Schuhe waren durchnäßt, als er sich schließlich zu ihnen stellte.

»Herr Kommissar, starb die Tante für die Erhaltung des Wattenmeeres einen Greenpeace-Tod?« fragte er ironisch.

Sein Atem stank nach Alkohol. Er war unrasiert und ungekämmt.

»Jonny, wenn du auch nur ein Bild entfremdest, dann hast du einen Prozeß am Hals«, sagte Meyers ohne nennenswerten Nachdruck.

»Mein Herr, Jesus hing am Kreuze für die Sünden der Menschen. Diese Maria Magdalena starb wohl für die Sünden der Umweltzerstörung«, versuchte es der Fotograf erneut, diesmal bei Achtendorf.

»Machen Sie keine Witze! Die Dame tat mehr für ihre Umwelt, als Sie mit Ihrer Kamera«, protestierte Achtendorf und wandte sich ab.

Ohne sich beleidigt zu zeigen, verließ Jonny von Emden den Tatort. Er stieg auf seinen Roller und knatterte davon.

Zwei Bullys der Polizei rasten über den nassen Sand und hinterließen tiefe Spuren. Ihre Räder kamen in den großen Pfützen zum Stehen, die das ablaufende Wasser zurückgelassen hatte. Möwen kreisten über der Unglücksstelle, als beobachteten sie das traurige Bergungsgeschäft. Die Sonne warf grell ihr volles Frühjahrslicht auf die Szene. Es war Mittagszeit. Sie hatte ihren Höchststand erreicht. Neugierige Wanderer hielten sich entfernt auf, ohne sich zu nähern.

Professor Knabe, in der üblichen Uniform mit offenem grünlichen Kittel, schritt an den geteerten Pfahl und löste die Schlingen des durchnäßten Bademantelgürtels, mit dem man die Frau angebunden hatte.

Alice Wallmann kippte zur Seite. Ihr Körper landete auf den Knien des Arztes, ihr Kopf hing nach unten.

»Das war stümperhafte Arbeit«, schimpfte der Arzt und zog das Messer aus dem Rücken. Der elegante kämpferische Hosenanzug war übersät mit Salz und ausgebleichten Blutflecken.

»Die Arme hat nach dem Messerstich noch gelebt! Das Mordwerkzeug hat das Herz verfehlt! Nicht wie bei Harry Kühnast«, sagte Professor Knabe.

»Ist sie ertrunken?« fragte Meyers.

»Ja, verblutet und ertrunken. Ein elender Tod!« antwortete der Arzt. Kluin nahm das Messer in Empfang.

»Made in Sheffield«, sagte er trocken. Achtendorf bückte sich und betrachtete das Gesicht der Frau, die sich gestern noch seinem Arm anvertraut hatte. Das Wasser hatte die Schminke zum Teil aufgelöst. Die Todesbleiche kam hinzu. Er spürte die Kälte, die das verlebte Gesicht mit den starren, toten Augen ausstrahlte. Die Frau tat ihm sehr leid. Er sah zu, wie ihr Leichnam in den Sarg gelegt wurde. Nun hat sie ohne Adelstitel ein Leben beendet, das ihrer Ansicht nach nicht ihr erstes war und nicht ihr letztes sein wird, dachte Achtendorf und schaute auf die weite Nordsee, die das Licht der Sonne zurückwarf und mit blauen Farben spielte. Das Rätsel ihrer Seele konnte nur Gott kennen, das Rätsel ihres Todes zu lösen, das war die Aufgabe der Polizei.

»Sicher wird eine Autopsie Ergebnisse bringen. Doch angesichts der offenkundigen Umstände erscheint sie mir nur als eine notwendige Pflichtaufgabe. Der Mörder hat sie kurz vor der Tide hierher begleitet, sie dann an den Pfahl festgebunden. Dazu hat er den festen Eisenhaken benutzt, der den Rettungsschwimmern zum Anlegen ihres Bootes dient. Der Frotteegürtel war stark genug, selbst ihr Körpergewicht auszuhalten. Der alten Dame blieb keine Chance, der Flut zu entrinnen. Es ist möglich, daß der Stoß mit dem Messer sie verbluten ließ und sie ihren Wassertod nicht mehr wahrnahm«, sagte Professor Knabe.

Achtendorf hielt sich zurück. Er sah, wie Meyers und Kluin den Professor zum Bully begleiteten. Das ist nicht mein Fall, dachte er.

Die Beamten hatten die eingesargte Alice Wallmann in den zweiten Bully geschoben und fuhren davon. Professor Knabe stieg in den anderen Wagen und verließ ebenfalls den Tatort. Sie alle hinterließen tiefe Spuren im Sand.

Nur der Mörder hatte keine hinterlassen.

Die Kollegen gesellten sich wieder zu ihm. Gemeinsam kehrten sie dem Stück Strand den Rücken, auf dem der eingerammte, geteerte und wetterfeste Pfahl auf das Wasser der Flut zu warten schien. Als Hilfsstütze der DLRG dazu gedacht, Menschen vor dem Wassertod zu schützen, hatte Alice Wallmann, die vorlaute Hamburgerin, die vorgegeben hatte, Boutiquen zu besitzen, an ihn gefesselt ihr Leben ausgehaucht.

»Der Mörder scheint sich seiner Sache ziemlich sicher zu sein!« sagte Meyers.

Sie schritten am Wasser entlang durch den nassen Sand, der sich unter ihren Schritten leicht verformte.

»Der Mörder wechselte für seinen zweiten Schlag den Schauplatz«, sagte Achtendorf.

»Sie vermuten, daß er zu den Kurgästen des Sanatoriums gehört?« fragte Meyers.

»Alice Wallmann hatte Angst! Sie nannte mich Kriminalrat. Es war ihr bekannt, daß ich nicht der Stadtdirektor von Bad Harzburg war, wie sie mich in ihrer Ironie immer tituliert hat. Woher wußte sie das? Und weiß es auch der Mörder? Sie hat ein Geheimnis mit in den Tod genommen«, antwortete Achtendorf.

»Sie vermuten also, daß der Mörder erfahren hat, daß Alice Wallmann sich Ihnen anvertrauen wollte?« fragte Meyers.

»So ist es. Die Wallmann muß ihrem Mörder Vertrauen geschenkt haben, denn trotz ihrer Vorahnungen und Ängste folgte sie ihm irgendwann nach dem Abendessen an den Strand«, antwortete Achtendorf.

»Warum benutzte er einen Bademantelgürtel, um sein Opfer anzubinden? Warum hat er nicht einen Strick genommen?« fragte Kluin dazwischen.

»Lippenstift bei Kühnast und jetzt ein Bademantel. Nun, beides könnte man als Symbole sündiger Schlafzimmer deuten«, mutmaßte Achtendorf.

Sie verließen die Dünen und erreichten den Parkplatz hinter dem Restaurant. »Herr Kriminalrat, Ihnen fällt die Aufgabe zu, die Hausgäste des Sanatoriums zu informieren. Ich werde Professor Juskow telefonisch bitten, Ihnen beizustehen«, meinte Meyers, als sie in den Wagen stiegen und losfuhren.

13

Die Gäste hielten sich im Fernseh- und im Sesselzimmer auf und warteten auf den Gong, der das Essen ankündigen würde. Das Damenkränzchen winkte Achtendorf zu, als er das Ordinationszimmer des Professors aufsuchte.

»Der Kommissar hat mich angerufen. Bringen wir es hinter uns«, sagte Juskow enttäuscht und müde.

Der Gong ertönte. Sie betraten den Flur. Die Hausgäste strömten in den Speisesaal.

»Kommen Sie«, sagte Juskow und gab sich einen Ruck. Zasimet trug Geschirr aus der Küche. Ihr Gesicht wirkte blass und traurig. Sie stellten sich vor die kleine Anrichte. Achtendorf sah, daß bis auf Dr. Zürmatt alle anwesend waren. Zasimet hatte auch für Frau Wallmann gedeckt.

»Liebe Mitkurende, die Kriminalpolizei hat mich beauftragt, Sie über einen tragischen Vorfall zu informieren, der sich gestern nach dem Abendessen ereignet hat. Unsere geschätzte Kurfreundin, Frau Wallmann, hat gestern nacht am Strand in der Nähe des Cafe Cornelius ihr Leben lassen müssen. Sie wurde ermordet!«

Achtendorf kam nicht weiter. Die Damen schrien auf. Einige weinten.

Nachdem sie sich von der schockierenden Nachricht erholt hatten, fügte Achtendorf hinzu:

»Für die Aufklärungsarbeit ist es wichtig zu wissen, ob Frau Wallmann nach dem Abendessen allein oder in Begleitung das Sanatorium verlassen hat. Wenn jemand der Anwesenden eine diesbezügliche Aussage machen kann, dann möge er sich an die Kripo wenden! Ich bitte Sie, sich für eine Schweigeminute zu erheben!«

Alle wirkten wie unschuldige Lämmer und schauten betreten auf den Boden. Frau Hansky hielt ihre Hände vor das Gesicht. Ihre Krankheit gestattete es ihr nicht, den Rollstuhl zu verlassen. Als alle wieder auf ihren Plätzen saßen, machte sich der Lehrer zum Sprachrohr einiger Entschlossener und wandte sich an Juskow.

»Ich reise ab! Sie sind mir eine Entschädigung schuldig! Ein Mörderhaus!« rief er erbost.

Frau Fortema betrat den Speisesaal. Sie zitterte am ganzen Leib und heulte. Professor Juskow ergriff das Wort:

»Meine Damen und Herren, von Abreisen kann keine Rede sein! Es ist sicher eine Zumutung, zu einer Gruppe von Gästen zu zählen, von denen hintereinander zwei ermordet wurden. Allerdings fällt auf uns Hinterbliebene, obwohl unschuldig, der schreckliche Verdacht, der oder die Mörderin zu sein!«

Achtendorf beobachtete seine Tischnachbarinnen. Sie wirkten müde und enttäuscht. Sie schwiegen. Frau Hansky saß aufrecht im Rollstuhl. Ihr Gesicht verriet Unmut. In den Augen der Postdamen saß die Angst. Achtendorf ergriff das Wort:

»Nach meinen Berufserfahrungen sind wir hier im Sanatorium so sicher wie in Abrahams Schoß! Es wird keinen dritten Mord geben! Meine Kollegen Meyers und Kluin, von der Norderneyer Kripo, treffen für Ihre Sicherheit Vorkehrungen.« Er hielt kurz inne. »Harry Kühnast wird morgen hier auf dem Friedhof beigesetzt. Ich lasse einen Teller rundgeben, für eine Kranzspende.«

Sie ergaben sich in ihr Schicksal und ordneten sich der Autorität des Professors und der Achtendorfs unter.

Juskow legte einen Fünfzigmarkschein auf den Teller.

»Liebe Patienten, wir wollen Kriminalrat Achtendorf und seinen Norderneyer Kollegen die weitere Arbeit nicht erschweren. Ich werde die Heilung unter Tiefenhypnose während dieser Zeit nicht anwenden«, sagte er.

Zasimet trug das Essen auf. Selbst Frau Fortema griff nach einem Tablett. Der Duft eines gelungenen Bratens zog in den Speisesaal. Niemandem war der Appetit vergangen. Selbst der Nachtisch blieb nicht stehen.

»Herr Achtendorf, Sie sind Kriminalbeamter! Sie falscher Stadtdirektor«, sagte die Gräfin schmollend.

»Bleibt es beim Termin, Cafe Marienhöhe?« fragte Frau von Windbach und leerte ihr Puddingschälchen.

»Selbstverständlich«, antwortete Achtendorf.

Frau Fortema nahm den Geldteller in Empfang.

»Ich werde mich um einen schönen Kranz bemühen«, sagte sie ernst und verließ den Speisesaal.

Nach der Mittagspause rief Achtendorf Kommissar Meyers an.

»Der Sturm ist überstanden! Die Anwesenden fügen sich in die Notwendigkeit, die Kur im Hause fortsetzen zu müssen«, sagte er.

»Herr Kriminalrat, es spricht alles dafür, daß auch das zweite Messer zum Silberschatz gehört hat, den Harry Kühnast verkauft hat. In seinen Akten haben wir ein Testament gefunden, mit dem eine Elisa von Trotterbach dem Vermögensberater Tafelsilber, Schmuck und einen verfallenen Hof in Hamburg hinterlassen hat«, sagte Meyers.

»Soll ich zu Ihnen in Ihr Büro kommen?« fragte Achtendorf.

»Vielleicht erfahre ich noch Einiges. Treffen wir uns heute abend um neunzehn Uhr wieder in den Theaterstuben«, schlug Meyers vor.

»Das ist mir recht, tschüß!« Achtendorf legte den Hörer auf die Gabel. Er holte seinen Mantel und spazierte zum Strand. Am Januskopf sah er die beiden Damen der Post, die den Rollstuhl mit Frau Hansky über die befestigte Kurpromenade schoben.

Er schreckte vor der Vorstellung zurück, eine der Damen könnte sich im Bett Harrys herumgekuschelt haben, bevor sein Mörder mit vorgehaltener Pistole das Schäferstündchen beendete. Der Schnipselbrief sprach von einer Täterin! Diese Version paßte eher zu der abenteuerlichen Karriere des Frauenhelden.

Harry hatte das geerbte Tafelsilber in Geld umgesetzt, und ein Tranchiermesser des Besteckes landete, als Mordwerkzeug, in seinem Rücken. Ein weiteres half das Leben einer Prostituierten zu beenden, die es zu höchstem Wohlstand gebracht hatte.

Doch wer hatte diese Sammlerstücke besessen? Hatte Harry sie zurückbehalten oder gar verschenkt?

Achtendorf schaute auf das Meer. Unermüdlich rollte sich die Brandung aus. Möwen segelten im leichten Wind und schrien vor Vergnügen.

Eine schöne Welt, wenn die Sonne ihre Kraft spendete. Ihr Licht fiel großzügig auf die Nordsee, den Strand und die Dünen. Und seine Aufgabe, und die der Polizei, war es, Licht in die mysteriösen Morde zu bringen.

Harry hatte kein Bett gescheut, wenn die Belohnung nur fett genug ausgefallen war. Dafür sprachen die dicken Akten im Büro der Vermögensberatungs GmbH und Co.

Plötzlich stutzte der Kommissar. Ein Gedanke schoß ihm durch den Kopf. Er bückte sich, hob eine Muschel auf, sie war leer. Er warf sie in die Wellen.

›Trotterbach‹, flüsterte er leise vor sich hin. Natürlich. Die Gräfin hatte diesen Namen erwähnt! Ja, sie selbst war eine geborene von Trotterbach! War sie eine Verwandte der alten Erblasserin, die Kühnast wegen seiner jungen Manneskraft großzügig in ihrem Testament bedacht hatte? Hatte das Damenkränzchen am besagten Abend einen gelungenen Racheakt mit Sekt in Kristallkelchen gefeiert? Vielleicht hatten die Damen das Schnipselwerk gebastelt, um die Kripo abzulenken! Oder konnte er einer von ihnen sogar die Kletterpartie zutrauen? Hatte die Gräfin von ihrer Verwandten bloß zwei Messer geerbt, weil ein junger Hengst sich den Rest des wertvollen Bestecks unter den Nagel gerissen hatte?

Achtendorf machte sich entschlossen auf den Weg. An der nächsten Buhne wollte er wenden. So in Gedanken versunken, stutzte er, als er Dr. Zürmatt erkannte, der auf den Steinen der Buhne saß und die Züricher Zeitung las, die sich leicht im Wind bewegte.

Ein seltsamer Kauz, dachte er und trat seinen Rückweg an. Ihm lag nichts an einem Gespräch mit dem Mann, der sich dem Theater verschrieben hatte und der sicher auch keinen Traumjob besaß.

Achtendorf näherte sich dem Cafe Marienhöhe, das auf einer mit Gras bewachsenen festen Düne thronte. Der Rundbau bot aus allen Fenstern einen herrlichen

Meeresblick, der die Spitze der Insel Juist mit einbezog und bis zur Schiffahrtsstraße reichte.

Das Damenkränzchen plauderte angeregt. Ihre Gesprächspalette reichte vom Illustriertenklatsch bis hin zu Denver, Dallas und Schwarzwaldklinik. Der Kaffee war gut, und auch das Stück Kuchen, das Achtendorf sich auf Anraten der Damen bestellt hatte, schmeckte hervorragend und verriet Tradition.

Doch schließlich wechselten die Damen das Thema. In ihre Gesichter zogen Sorgenfalten.

Nein, sie hätten keine Angst vor weiteren Gewalttaten. Im Gegenteil, sie kochten über vor Eifer, dem Kriminalrat klarzumachen, daß die Mörderin nicht zu den Hausgästen gehören konnte.

Achtendorf hörte geduldig zu. Nach einer Pause fragte er unvermittelt:

»Meine Damen, sie sprechen dauernd von einer Mörderin. Sollten wir nicht davon ausgehen, daß ein Mann die Tat vollbracht hat?«

Die Damen blickten ihn überrascht an.

»Das will uns die Täterin nur weismachen, um die Polizei abzulenken«, sagte die Gräfin überzeugt. Ihre Freundinnen nickten.

»Sind Sie sich darüber im Klaren, daß der Weg über die Kiefer doch ein beachtliches Hindernis für eine Frau darstellt?« sagte Achtendorf.

»Eine halbwegs sportlich trainierte Frau schafft das spielend«, sagte Frau von Windbach.

»Meine Damen, auch auf Sie treffen diese Merkmale zu«, sagte Achtendorf spöttisch.

»Wollen Sie uns etwa verdächtigen?« fragte Frau Dr. von Keppler empört.

»*Mein* Konzept geht von einem *Mörder* aus, der zu

den kurenden Gästen Beziehungen unterhalten haben muß«, antwortete Achtendorf. Er schaute auf das Meer und entdeckte ein Schiff, das fern am Horizont vorbeiglitt. Er wußte, daß seine Äußerungen nichts Weiteres darstellten als Vermutungen.

»Herr Kriminalrat, Harry Kühnast war ein charmanter Mann. Es wird Ihnen nicht entgangen sein, daß die Witwe Hansky mit ihm ein Verhältnis unterhielt. Sie müßten die reiche Dame einmal im Solebad erleben. Sie ist eine attraktive Schönheit«, trug Frau von Windbach vor.

»Und was schließen Sie daraus?« fragte Achtendorf.

»Nun, daß der schöne Harry von einer eifersüchtigen Verehrerin ermordet wurde«, sagte sie überzeugt.

»Und unsere unterhaltsame Hamburgerin? Womit hat sie den Mörder herausgefordert?« fragte der Kriminalrat.

»Es ist zu uns durchgedrungen, daß Harry eine Dame im Bett hatte, als die Mörderin ihn aufsuchte! Das könnte Frau Wallmann gewesen sein, da die lahme Frau Hansky sexuell vielleicht zurückhaltender reagierte! Denken Sie dabei auch an die gemeinsamen Tanzabende von Kühnast und Wallmann!« folgerte die Gräfin stolz, als hätte sie den Fall gelöst.

»Ja, und weiter«, forderte Achtendorf die Damen auf.

»Nun, die Mörderin hatte Angst. Frau Wallmann hatte sie gesehen, bevor sie ihr schreckliches Handwerk ausgeübt hat. Vielleicht war sie maskiert!« sagte Frau Dr. von Keppler. »Auf jeden Fall war die Wallmann eine lästige Zeugin.«

»Nicht schlecht!« antwortete Achtendorf, der sich darüber wunderte, wie viele Einzelheiten in den Sanatoriumsklatsch gelangt waren. Er trank seinen Kaffee aus, langte nach dem Portemonnaie und sagte: »Frau Wallmann muß ihren Mörder in ihr Zimmer gelassen haben. Glauben Sie, sie wäre so einfach der Mörderin von Harry zum Strand gefolgt? Vorausgesetzt natürlich, sie hätte den Mörder gekannt.« Er winkte die Bedienung an den Tisch.

»Herr Kriminalrat, Sie sind selbstverständlich unser Gast! Wir bleiben noch ein Weilchen hier«, sagte die Gräfin.

»Danke! Wir sehen uns beim Abendbrot«, sagte Achtendorf und verließ das Cafe.

Er lächelte und verharrte für Sekunden vor einem Straßenschild, auf dem ›Damenpfad‹ geschrieben stand. Er überquerte die Straße. Gemächlich bummelte er an den gepflegten Geschäften der Jann-Berghaus-Straße entlang, gelangte an der Post vorbei in die Knyphausen Straße und stand danach rein zufällig vor dem Polizeihaus. Entschlossen schritt er am Tresen des Wachhabenden vorbei.

»Ich besuche Kommissar Meyers«, sagte er.

Meyers saß vor seinem Schreibtisch. Ein Aktenordner lag geöffnet auf der Tischplatte.

»Herr Kriminalrat, gut daß Sie kommen! Vor einer halben Stunde habe ich versucht, Sie im Sanatorium telefonisch zu erreichen«, sagte er und schob den Ordner von sich.

»Gibt es etwas Neues?« fragte Achtendorf.

»Das auch! Leider kann ich den Termin heute um neunzehn Uhr nicht einhalten. Kluin fehlt mir. Er hatte einen Unfall! Ein Mopedfahrer hat ihn angefahren. Mein Terminkalender ist völlig durcheinander geraten. Wie wäre es, wenn ich meine Arbeit unterbreche und mit Ihnen das Denkmalcafé aufsuche?« fragte er.

Achtendorf schaute auf die Uhr.

»Gut, ich bin einverstanden. Ich verzichte auf mein Abendessen. Das tut auch meiner Figur gut, denn ich habe mit meinen Tischnachbarinnen bereits Torte gegessen«, antwortete Achtendorf.

Das Café lag nur wenige Gehminuten entfernt. Es war um diese Zeit schwach besucht. Nur einige Fensterplätze waren besetzt. Sie suchten den fensterlosen Anbau auf und setzten sich in rote Plüschsessel an einen Tisch. Meyers bestellte zwei Kännchen Kaffee.

»Kluin ist nur schwer zu ersetzen. Ich habe meinen Chef in Norden gebeten, mir den Fall allein zu überlassen, und ihm von Ihrer Beratertätigkeit erzählt. Er kennt Sie von der Ausbildung her«, sagte Meyers.

»Ist es Lehnartz?« fragte Achtendorf lächelnd. Meyers nickte. Das Mädchen brachte den Kaffee. Sie bedienten sich. Meyers langte nach einer Zigarette.

»Herr Kriminalrat, was Lehnartz mit dazu bewogen hat, hier auf Norderney keine der üblichen Kommissionen zu bilden, ist eine heiße Spur. Ich berichtete Ihnen bereits am Telefon, daß Elisa von Trotterbach – sie starb mit achtundsiebzig Jahren hier auf Norderney – Kühnast das Tafelsilber und ein Grundstück mit einem alten Hof bei Hamburg vererbt hat. Unsere Hamburger Kollegen gingen der Sache nach. Der alte Hof ist mittlerweile abgerissen worden. Man hat dort ein feudales Eroscenter errichtet, mit allen Bequemlichkeiten, wie sich die Kollegen ironisch ausdrückten. Kleine Appartements mit Spezialeinrichtungen, und je nach den Wünschen der Kundschaft bietet die Hausleitung Südseezauber, Mittelmeerpalmen, Barockstuck und mittelalterliche Folterkeller an.« Meyers lächelte Achtendorf verschmitzt an.

»Da reicht unsere Phantasie nicht aus. Wir sind eben Provinzler«, antwortete Achtendorf.

»Auch dieses Gewerbe sucht nach Innovationen, denn Umsatz ist das Gebot der Zeit«, sagte Meyers.

»Ich hätte eher an ein Altenheim gedacht, mit Pflegepersonal aus der Schule Harry Kühnast«, sagte Achtendorf.

»Herr Kriminalrat, nun dürfen Sie raten. Den Art-Direktor des Eroscenters kennen Sie. Na, wer ist es?« fragte Meyers listig.

»Selbstverständlich Herr Kühnast«, vermutete Achtendorf.

»Weit gefehlt, es war Frau Wallmann, die nun eine Lücke im Management des Hauses hinterläßt«, entgegnete Meyers.

Der Kriminalrat steckte sich nachdenklich eine Zigarette an.

»Eine Verbindung zwischen Wallmann und Kühnast liegt auf der Hand. Doch das Ausmaß ihrer Verbundenheit überrascht mich«, stellte Achtendorf fest.

»Herr Kriminalrat, das ist noch nicht alles! Nach dem Hamburger Modell gibt es im Pariser Stadtteil Enghien les Bains eine im Bau befindliche Anlage. Die Pariser Bank hat nach dem Bekanntwerden des Mordes ihre Kredite vorsichtshalber einfrieren lassen«, berichtete Meyers.

»Ob Frau Hansky bekannt war, auf wen sie sich da eingelassen hatte?« fragte Achtendorf.

»Harry Kühnast und Erna Kinkel, wie sie bürgerlich hieß, arbeiteten nach Aussagen der Kripo Hamburg schon früher einmal zusammen. In ihren besten Jahren ging sie für Harry auf den Strich.«

»Und nun sind beide tot! Der Mörder fesselte Harrys

sündige Hände mit einem Ledergürtel und legte sie um seinen Penis. Und Alice Wallmann band er mit einem Frotteegürtel an den Pfahl und überließ sie den Fluten. Für beide Opfer sah er antike Messer vor, die zur Erbmasse der Elisa von Trotterbach gehört haben. Einerseits öffnet sich uns eine Spur, die uns die Motive für die Verbrechen in einer bewiesenen Zusammenarbeit zwischen Kühnast und Kinkel vermuten läßt, andererseits ist die Gräfin von Akazienhain eine geborene von Trotterbach, die sich – zufällig oder auch nicht – im gleichen Sanatorium mit recht kuragierten Freundinnen aufhält«, sagte Achtendorf.

»Zu dem Vermögen der mutmaßlichen Verwandten gehörte nicht nur das Tafelsilber der Lady Woodyforth. Stellen Sie sich den Wert des Hamburger Grundstückes vor, Herr Kriminalrat, auf dem Alice Wallmann ein Eroscenter mit luxuriösen Appartements erbauen ließ, das Platz bietet für Parkplätze, Speiserestaurant, Schwimmhalle, Gästezimmer und Sauna.«

»Kühnast war der Nachlaßjäger und Alice Wallmann die Nutznießerin«, überlegte Achtendorf laut.

»Überlegen wir einmal weiter, Herr Kriminalrat. Die Gräfin von Akazienhain verschafft sich den Zutritt zu Harrys Zimmer. Sie erledigt ihn und verläßt über die Kiefer das Zimmer. Kurz vorher hat eine Dame mit Kühnast geschlafen. Die Wallmann bekommt Angst. Sie weiß nicht, wer Harry umgebracht hat. Zu der Gräfin hat sie Vertrauen. Eine der Adligen, oder das ganze Damenkränzchen gemeinsam, lockt Alice Wallmann an den Strand. Der zweite Mord wird begangen.«

»Eine Theorie, die mir zusagt. Allerdings muß ich an dieser Stelle ein paar Einwände anmelden. Meine blaublütigen Tischnachbarinnen, die schier vor Lebenslust strotzen, haben mir ihre eigenen Vorstellungen über den Mordablauf klargelegt. Sie versuchten mir verständlich zu machen, daß in beiden Fällen kein Mörder, sondern eine Mörderin am Werke war. Sie selbst fühlten sich durchaus in der Lage, die schwierige Kletterpartie zum Fenster Harrys bewältigen zu können. Damit haben sie praktisch unseren Verdacht freiwillig auf sich gelenkt«, erzählte Achtendorf.

»Um uns zu täuschen, Herr Kriminalrat. Selbst wenn wir uns die Mühe machen würden, nach einem Alibi zu fragen. Wetten, daß wir sie nicht in Verlegenheit bringen könnten?« fragte Meyers.

»Ich bin überzeugt, daß alle Hausbewohner ein sicheres Alibi besitzen. Nur selten suchen die Kurgäste zur späten Stunde den Strand auf. Sie scheuen Dunkelheit und Einsamkeit. Die LVA-Heime schließen um zweiundzwanzig Uhr die Türen. Gehen Sie ruhig auf Zeugensuche! Es wird keine Zeugen geben! Da bin ich mir sicher. Was mich irritiert Herr Kommissar, das ist die geschickt eingefädelte Belastung der Frau Hansky. Die Damen von und zu waren der Meinung, daß die reiche Witwe Harry ihrer Krankheit wegen den Sex verweigerte und Alice Wallmann sich im Bett des schönen Vermögensberaters befunden haben könnte, als eine eifersüchtige Mörderin sie des Zimmers verwies, Kühnast tötete und aus Angst vor Entlarvung dann ein zweites Mal zugeschlagen hat. Mich würde es daher schon interessieren, was die Kollegen in den privaten Räumen der Eroscenterbesitzerin gefunden haben«, sagte Achtendorf.

»Nur private Kontoführungen. Kein Hinweis auf eine Verbindung mit Kühnast. Sie leitete das Unternehmen über einen Stab von aufgestiegenen Nutten von

Paris aus. Sie sorgte für Mädchen aller Hautfarben und bestimmte die finanziellen Richtlinien«, sagte Meyers.

»Frau Hansky hat immerhin eine beträchtliche Summe in Harrys Firma gesteckt. Sie kommt selbstverständlich nicht als Fassadenkletterin in Frage. Aber, da sie ausgesagt hat, daß sie kurz vor dem Mord noch bei Harry war und ihn verließ, weil er sich den Western ansehen wollte, und ihr Sohn Olaf sie zufällig abgeholt hat, bleibt meines Erachtens wenig Spielraum für eine Mörderin, die nicht im Hause kurte«, sagte Achtendorf.

»Herr Kriminalrat, lassen wir der Witwe Hansky Zeit, sich hier ohne Harry gesund zu kuren. Die Insel lebt schließlich von Gästen, die sich wohlfühlen sollen. Wir müssen uns die Eigentumswohnung der Wallmann in Paris anschauen. Die französischen Kollegen haben das Appartement für uns versiegelt. Sie warten auf unseren Besuch«, sagte Meyers und beobachtete Achtendorf belustigt.

»Ich soll Sie nach Paris begleiten?« fragte Achtendorf überrascht.

»Kluin trägt einen Gipsverband. Lehnartz hat bereits mit Ihrer Behörde alles geregelt. Sie genießen einen Sonderurlaub und dürfen ein paar Tage länger auf unserer Familieninsel bleiben«, sagte Meyers.

»Kommissar, Sie sind ein Schlitzohr! Ihnen zuliebe fahre ich mit. Morgen wird Harry zu Grabe getragen. Ihm möchte ich den Abschiedsbesuch nicht schuldig bleiben.«

»Dieses Schauspiel will ich mir ebenfalls nicht entgehen lassen. Damit die Tränen der Damen Sie nicht alleine zu Tode rühren, hole ich Sie im Sanatorium ab«, sagte Meyers.

14

Harry Kühnast ging nicht ohne Freunde. Trauergäste füllten die Bänke der kleinen Friedhofskapelle. Einige Bankdirektoren und Unternehmer waren extra aus Hamburg angereist. Manche Gäste fielen besonders auf: verlebte Gesichter, die die Luft von St. Pauli zu atmen gewohnt waren. Die Trauerfeier verriet die Regie eines geschickten Organisators.

Blumen und Kränze mit Schleifen lagen im Überfluß um den Sarg. Der Pastor erwähnte einige ereignisreiche Episoden aus dem Leben des Opfers. Er ließ Harry aufsteigen zum Unternehmer, der es mit Fleiß und Geschick zu Wohlstand und Ansehen gebracht hatte. Auch Harrys hilfreiche Art, Kranken, Alten und Bedürftigen gegenüber, fand die wohltuende Anerkennung des Pastors. Seine Worte hinterließen Tränen in welken Frauengesichtern, während die gestandenen Männer starr geradeaus blickten.

Die Sonne strahlte, als sich schließlich der Trauerzug zu formieren begann. Die Männer, die die Sarggriffe trugen, setzten kleine Schritte. Unmittelbar hinter dem Pastor schritten Damen in schwarzen Pelzmänteln, die betroffen zu Boden schauten.

Frau Hansky saß im Rollstuhl. Sie trug ein schwarzes Kostüm mit teurem Pelzbesatz. Auf ihrem Kopf thronte ein kesser Hut, von dem ein Schleier über ihr Gesicht fiel. Ein Mann mit abgedunkelter Brille im englischen Trenchcoat schob das Krankengefährt.

Im Frühlingshimmel segelten ein paar Möwen und schrien in den Wind. Etliche Meter entfernt, im Schatten von Lebensbäumen, standen die beiden Damen der

Post, ohne äußerliche Anteilnahme zu zeigen. Sie nickten den Beamten zu, die sich in ihre Nähe gesellten.

Erst als der Sarg in die Gruft gesenkt wurde und der Pastor die letzten Worte an Harry und seinen Gott richtete, kam mehr Bewegung in den Menschenklumpen.

Frau Hansky warf mit starrem Blick gelbe Fresien in die Grube.

Das Damenkränzchen, in schwarzen Flanellkostümen, ließ blaue Iris auf den Sarg fallen.

»Der neue Firmensitz hat ihm einen Platz auf dem Inselfriedhof eingebracht«, sagte Meyers, als sie die Beerdigung verließen.

»Vielleicht wollte die Konkurrenz selbst den toten Harry nicht mehr auf St. Pauli dulden«, sagte Achtendorf.

Sie erreichten den Dienstwagen.

»Herr Kriminalrat, soll ich Sie zum Riffhof fahren, dort ist die Teetafel für die Trauergäste gedeckt?« fragte Meyers.

»Ich kann Butterkuchen nicht ausstehen. Erst recht nicht, wenn ich an Typen wie Harry denken muß. Aber nach der vorherrschenden Meinung im Sanatorium hat Kühnast sowieso nur irgendeines seiner vielen Leben hier beendet«, antwortete Achtendorf.

»Wir sind zu alt, unser Kollege kann er in einem neuen Leben nicht werden«, scherzte Meyers.

»Herr Kommissar, fahren Sie mich zur weißen Düne. Ich will am Strand entlang zurücklaufen. Bei Sonnenschein, mit dem Blick auf den Sand und das weite Meer, fühle ich mich Gott näher, als hier auf dem Friedhof«, sagte Achtendorf lächelnd.

Sie stiegen in den Wagen. Meyers fuhr über die Jann-Berghaus-Straße und bog dann in die Richthofenstraße ein, die quer durch die Dünen führte. Achtendorf schaute verträumt in die schöne Landschaft.

»Herr Kriminalrat, morgen früh um sieben Uhr holt uns ein Wagen ab. Wir werden in Norddeich Anschluß haben. Unsere Maschine fliegt um dreizehn Uhr von Bremen nach Paris. Unser Hotel kenne ich nicht! Aber Lehnartz wird uns schon nicht in eine billige Vorstadtkaserne verfrachten«, meinte Meyers.

Vom Karl-Riegerweg hatten sie freien Blick über die grünen Wiesen. Meyers fuhr den Kriminalrat bis zum Parkplatz des Restaurants.

»Viel Spaß!« rief er, während Achtendorf seine Wanderung antrat.

15

Achtendorf klopfte seinem jüngeren Kollegen anerkennend auf die Schulter, als sie die Metrostation Anvers verließen und sich mit leichtem Gepäck unter die Menschen mischten.

Sofort hatte sie der Zauber von Montmartre ergriffen. Das vorgebuchte Hotel ›Rouge Aubert‹ lag in der Nähe der Avenue de Clichy in einer kleinen Seitengasse. Der Mann an der Rezeption sprach deutsch. Das war kein Zufall! »Commissaire Jacques Nevatier wird Sie um achtzehn Uhr in der Hotelbar aufsuchen«, informierte er die beiden Beamten. »Sie haben Zimmer Nr. 18, meine Herren, hier ist der Schlüssel. Aber nehmen Sie doch bitte vorher in unserer Cafeteria noch eine Kleinigkeit zu sich.«

Ein Boy kam und trug ihre Taschen davon, während ein Kellner ihnen einige Schritte voran den Weg wies.

Unter einem Baldachin standen Tische im Freien. Er wies ihnen Plätze zu, sie setzten sich und genossen mit den Augen das Pariser Leben.

»Meyers, wenn ich hier vier Wochen kuren könnte, dann käme ich echt erholt nach Hause«, sagte Achtendorf.

»Oder total kaputt«, grinste Meyers, der sah, wie der Kriminalrat hinter einigen jungen Frauen herblickte, die in flotten Kleidchen Figürliches zeigten.

Achtendorf lachte.

»Ihr habt auf Norderney ein Reizklima, doch umgeben mich dort nur alte Damen. Hier verhält sich das anders!«

Der Ober brachte ihnen Croissants und stellte Kaffeetassen vor ihnen ab. »Es kostet Sie nichts. Es ist ein Willkommensgruß von Commissaire Nevatier«, sagte er. Während sie die Croissants aßen und den Milchkaffee genossen, erholten sie sich mit dem Blick auf das bunte Treiben. Die Gehwege waren voller Menschen, und immer wieder hupten sich Taxis durch das Gewühl auf den Straßen. Kleine Läden, Obsthändler, Schlachter, Bäcker und Konditoren fanden Kunden, die schnell entschlossen kauften.

»Langsam müssen wir an Harry und Erna denken, Herr Kriminalrat«, sagte Meyers mit einem Blick auf die Uhr.

Sie verließen die Cafeterrasse und suchten ihr Zimmer auf. Es war sauber und gut ausgestattet. Toilette und Dusche befanden sich in einem kleinen Nebenraum. Aus dem Fenster konnten sie auf die Straßen mit den Geschäften und Cafes blicken.

Die Hotelbar entpuppte sich als ein gemütliches Bistro, in dem kleine Ledersessel um kleine Tische standen. Die Fenster lagen abseits der Straße und eröffneten den Blick auf einen gefliesten Innenhof, der einen Springbrunnen einschloß.

Leichte Musik drang zu ihnen. Einige ältere Männer saßen vor einem Tisch, tranken Rotwein und spielten Karten. In der Ecke am Fenster saß ein Mann, der sie neugierig musterte. Er erhob sich und kam ihnen entgegen.

Sein Haar war schwarz, sein Gesicht gebräunt. Ein mächtiger Schnauzbart zierte seine Oberlippe. Er trug einen leichten, blauen Sommeranzug.

»Ich bin Commissaire Nevatier. Sie sind die deutschen Kollegen«, sagte er und reichte ihnen die Hand zum Gruß.

»Mein Name ist Achtendorf, mein Kollege heißt Meyers«, stellte sich der Kriminalrat vor.

Nevatier führte sie zu seinem Tisch.

»Meine Herren, trinken Sie mit mir ein Glas Wein. Er ist nicht stark und ohne Frostschutzmittel«, schlug er lächelnd vor. Ein Ober erschien. Nevatier bestellte den Wein.

»Nun, es ist auch bei uns nicht alles so, wie es sein müßte«, sagte er und fuhr fort: »Gestern abend fanden wir draußen in einem Park die Leiche eines jungen Mädchens.«

»Herr Kommissar, unser Opfer starb in der deutschen Provinz und war schon hochbetagt«, sagte Achtendorf.

»Ich weiß Bescheid. Die Madam war eine Nachtfalterin. Sie wollte den Luxus und verkaufte dafür die Sünde. Sie hat schöne Französinnen für Hamburg engagiert und blonde Mädchen nach Paris gebracht.«

»Vielleicht gelingt es uns mit Ihrer Hilfe, das Geheimnis ihres Todes zu lüften«, sagte Meyers.

Der Ober stellte eine große Karaffe und drei Gläser auf den Tisch und ging wieder. Commissaire Nevatier füllte die Gläser.

»Trinken wir auf unseren erhofften Erfolg«, sagte er. Sie stießen an, und genossen den vorzüglichen Wein.

»Meine Herren. Montmartre ist nicht mehr als eine Kulisse. Dieser Stadtteil lockt Liebeshungrige aus der ganzen Welt an. Noch immer schenken Mädchen hier Pläsier und verdienen Geld. Doch das schnelle Abenteuer in einem Stundenhotel nach einigen Drinks, das gehört der Vergangenheit an. Die Kunden haben höhere Ansprüche. Sie wollen verwöhnt werden und meiden dieses Pflaster! Madam Wallmann gehörte zu den Pionieren jener modernen Etablissements,die Sie in Ihrem Land schlichtweg mit ›Puff‹ bezeichnen«, sagte der französische Kollege.

»In Hamburg saß sie im Management eines solchen Eroscenters«, sagte Achtendorf.

»Leider hat die Madam in einem falschen Kurort Erholung gesucht, denn jemand hat sie auf Norderney umgebracht, um sich für etwas zu rächen, von dem wir noch nichts wissen!« fügte Meyers hinzu.

Sie folgten dem Beispiel Nevatiers und tranken einige Schlucke Wein. Wie ein Dozent fuhr der Franzose fort:

»Alice Wallmann wirkte auch hier nicht unumstritten. Sie vernichtete viele kleine Arbeitsplätze. Aber wohlverdienende Ärzte, Rechtsanwälte und andere Geldgeber interessieren sich nun einmal nur für fette Verzinsungen.

In Enghien les Baines, das man gut über eine Schnellstraße erreichen kann, entsteht ihr neues Center. Es ist eine Zusammenballung von Stationen, die keine Abart sexueller Gelüste unbefriedigt läßt. Ein Millionen-Objekt,eine Herausforderung an die Innenarchitekten. Abrechnungen per Computer, Ärzte überprüfen die Besucher, die Mädchen und die Jünglinge nach Aids-Infektionen. Und nun stockt das Unternehmen, nachdem die Managerin auf Norderney den Tod gefunden hat.«

»Und was sagt Ihre Regierung dazu?« fragte Achtendorf entgeistert.

Jacques Nevatier schmunzelte.

»Es gibt keine Untersuchungskommission!Ich kann bei einer erfolgreichen Aufklärung ohne Pressetamtam eine Beförderung erreichen. Denn sehen Sie! Paris war immer die Lasterhölle Europas. Die Stadt der Liebe! Und nun, wo moderne Seuchen auch uns bürgerliche Normaltypen bedrohen und das Laster einzudämmen drohen, fand Madam Wallmann einen Weg, die Bevölkerung zu schützen!« stellte der Beamte sachlich fest.

»Das ist mir unvorstellbar! Ich habe Frau Wallmann im Sanatorium kennengelernt. Sie nahm ganz bürgerlich im einfachen Speisesaal ihr Essen ein. Abends schloß sie sich jungen Mädchen zum Tanz an«, sagte Achtendorf irritiert.

»Und nun will man ihr einen Nobelpreis für seuchenfreien Sex verleihen«, stöhnte Meyers.

Nevatier lachte. »Post mortem! Nach ihrem Tode«, sagte er schmunzelnd.

»Sie besitzt hier in Paris eine Eigentumswohnung«, stellte Achtendorf fest.

»Ja, nicht weit von hier in einer Nebengasse der Rue

du Faubourg«, antwortete Nevatier. Er füllte die Gläser und prostete ihnen zu.

»Aber die Moral«, stöhnte Achtendorf, der glücklich verheiratet war.

Nevatier lächelte gnädig. »Herr Kollege, viele suchen die Moral mit dem Blick auf den Papst und sind glücklich. Andere suchen sie in Manifesten autoritärer Regierungen. Viele legen sie einfach ab. Sie lassen sie im Reisegepäck, in den Schließfächern der Bahnhöfe oder der Flughäfen.«

Meyers hatte ihn verstanden. »Die Madame hat eine große Marktlücke entdeckt! Sie belohnte sich selbst mit einer prachtvollen Eigentumswohnung hier mitten in Paris«, sagte er.

Kommissar Nevatier lachte erneut belustigt auf. »Ja, ihre Wohnung liegt in einem ruhigen, romantischen Stadtteil. Sie lebt in der Nachbarschaft vornehmer Adressen! Aber viel Luxus hat sie sich nicht gegönnt.«

»Vielleicht bieten uns ihre Aufzeichnungen Hinweise, denen wir bei unserer Arbeit nachgehen können«, sagte Achtendorf.

»Ich habe den Wohnungsschlüssel in der Tasche. Ebenfalls besitze ich einen Durchsuchungsbefehl. Dennoch können wir unsere Arbeit heute abend nicht durchführen, denn der Hausmeister und auch mein Kollege müssen anwesend sein. Ich habe sie für morgen vormittag um neun Uhr bestellt. Uns bleibt genügend Zeit, ein wenig zu plaudern. Ich führe Sie nachher auf Kosten unserer Behörde in ein gutes Speiserestaurant. Wir wollen uns einen schönen Abend machen«, freute sich Jacques Nevatier.

»Wenn das so ist«, lachte Achtendorf. Sie hoben die Gläser und prosteten sich zu.

16

Die Beamten frühstückten im Bistro. Sie bestellten Croissants und Milchkaffee. Gegen neun Uhr gesellte sich Commissaire Nevatier zu ihnen.

»Paris wirkt auf seine Besucher morgens nüchterner als in der Nacht«, sagte er zur Begrüßung.

»Monsieur Nevatier, wir sind bereit! Führen Sie uns zur Wohnung der Erbauerin neuer Liebestempel!« sagte Achtendorf.

Auf dem Montmartre pulsierte auch am Morgen das Leben. Menschenströme zwängten sich durch die engen Gassen. Händler hatten ihre Stände aufgebaut. Es roch nach Kaffee und frischen Broten. Die Metrostationen sogen Menschenmassen auf.

Die Rue du Faubourg war vollgestopft mit Bussen, Taxis und PKW's. Das Hupkonzert der Autofahrer untermalte das Verkehrschaos. Nevatier führte sie in eine Gasse, in der Blumenkübel vor hochgezogenen Häuserfronten standen. Teure Automobile parkten an den leeren Bürgersteigen. Ein Mann lehnte an der geschmiedeten Eingangstür eines Hauses. Er winkte ihnen zu.

»Mein Kollege René Parkuse«, sagte Nevatier, und stellte ihm die deutschen Beamten vor.

Er drückte den Klingelknopf. Kurz darauf öffnete ein grauhaariger kräftiger Mann die Tür. Er trug eine ausgebeulte, schwere Tasche.

»Oui, Monsieur le Commissaire. Bon jour! Gehen wir!«

Eine elegante Marmortreppe führte hoch zur ersten Etage. Vor der zweiten Tür blieb Nevatier stehen.

»Madame Alice Wallmann«, sagte er und zeigte auf das Messingschild. Die klobige Eichentür verriet handwerkliche Qualität.

Jacques Nevatier entfernte das Siegel, zog einen Schlüssel aus seiner Jacke und öffnete die Tür. Sie betraten eine kleine Vordiele. Ein dicker Teppichboden dämpfte ihre Schritte.

Der Hausmeister öffnete ihnen eine Seitentür.

»Bad, WC«, sagte er. Die Tür vor ihnen trug eine Bleiverglasung. Sie zeigte den Eifelturm in bunten Farben. Dahinter lag das Wohnzimmer. Eine Couchecke mit einem Marmorrundtisch, Polstermöbeln und einem Eßtisch mit groben Stühlen vor der breiten Glaswand. Der Blick nach draußen fiel auf alte Häuserfronten, die rötlich im Sonnenlicht glänzten.

Seitlich schoben sich hohe Bäume eines Parkes mit erstem Grün in das Bild.

»Eine Oase in einer Weltstadt«, sagte Achtendorf begeistert.

»Madame Wallmann konnte es sich leisten, in der Nachbarschaft von Filmkünstlern und Bankbossen zu wohnen«, sagte Nevatier.

Er schritt voran, öffnete eine Seitentür.

»Die Küche«, stellte er vor. Sie war nicht besonders groß.

Auch ein kleines Schlafzimmer, mit einem französischen Bett und einem Kleiderschrank, bot nichts Besonderes.

»Schauen Sie sich nach Belieben um«, sagte Parkuse auf französisch.

Für Kunst schien Alice Wallmann keinen Sinn gehabt zu haben. Die Wände schmückten Großfotos Hamburger Stadtszenen, die sie rahmenlos hatte aufziehen lassen. Weder das Schlafzimmer noch die Küche enthielten Bemerkenswertes. Wenn hier überhaupt eine Spur auszumachen war, dann konnte nur der rustikale Schreibtisch, der an einer der Seitenwände stand, zu ihr führen.

Auf ihm befand sich ein gerahmtes Foto, auf dem sie sich überzeugen konnten, wie schön Alice Wallmann einst gewesen war.

Jacques Nevatier besprach sich mit dem Hausmeister. Der graue Mann öffnete seine Tasche, suchte nach Werkzeug und begann, wie ein Einbrecher die Schlösser der Schubladen zu knacken. Danach trat er ehrfurchtsvoll zurück, steckte sich eine Zigarette zwischen die Lippen und schaute zu.

Jacques Nevatier zog die Schubladen einzeln hervor. Zwar verrieten Bankauszüge, daß Madame Wallmann über Geld verfügen konnte, doch kein Centime und kein Schmuckstück traten zu Tage.

Schnellhefter mit Belegen, Rechnungen von Einkäufen, Steuerquittungen und der übliche persönliche Kram verrieten nichts, was Kriminalbeamte hätte interessieren können. Erst in der letzten Schublade stießen sie auf ein Fotoalbum in einem Leineneinband, wie er vor Jahren modern gewesen war.

Schwarz-weiß-Bilder zeigten die schon reifere Frau Wallmann, die damals noch Erna Kinkel geheißen hatte, an der Seite eines jungen kräftigen Mannes vor den Schwänen der Hamburger Binnenalster und vor den Käfigen der Raubtiere in Hagenbecks Zoo. Es war Harry, der mit sauberem Haarschnitt und weitgeschnittenem Sommeranzug wie ein Primaner wirkte. Ein vergilbtes Bild zeigte Kühnast in züchtiger Badehose am Ostseestrand.

Eine Widmung in runder Schrift lautete:

»Für Erna.«

Die Beamten sahen sich an und lächelten, als Fotos von Erna Kinkel auftauchten, die sie in Petticoaträcken mit schmalziger Haarlocke zeigten.

Ein verblaßter Schnellhefter mit Aufklebeherzchen führte unumwunden in die naive Seelenwelt der Erna Kinkel. Zerknittert vom häufigen Umblättern, lagen Briefe und Gedichte, die Harrys Handschrift trugen, unter der Ablageklammer.

Der Kriminalrat las sich ein, blätterte weiter und stoppte die Suche.

»Das hier ist typisch!« sagte er und las vor:

Wenn Du Deinen Körper verschenkst,
dann weiß ich, daß Du dennoch an mich denkst!
Deine Liebe gehört nur mir!
Erna, Dein Harry dankt Dir dafür!

Niemand der Anwesenden lachte. Diese naiven Sätze verrieten, wie sehr Harry das kindliche Gemüt der Nutte an sich gefesselt hatte, während Erna Kinkel für ihn auf den Strich gegangen war.

»Harry war ein Schwein«, sagte Jacques Nevatier in die Stille, als berühre das Leben der Großen im Bordellgeschäft sein tiefstes Innere.

Doch die Schublade barg noch ein Dokument. Es war jüngeren Datums und verriet einen Zusammenhang mit den Papieren vergessener Jahre. Ein frisch angelegter Aktendeckel enthielt das Schreiben, das Achtendorf ebenfalls vorlas:

Sehr geehrte Frau Wallmann,
es tut uns leid, Ihnen folgenden Bericht liefern zu müssen. Harry Kühnast hat seinen Wohnsitz in Badenweiler – Ihre Kontaktadresse – aufgegeben und ist nach Norderney gezogen. Seine Firma hat er im Handelsregister Freiburg löschen lassen und unter dem Namen eines Kommanditisten im Handelsregister Norden neu eintragen lassen.

Mitinhaberin und damit Teilhaberin wurde die Kauffrau Sofia Hansky, über die zu recherchieren uns kein Auftrag vorliegt. Beide haben gemeinsam eine Eigentumswohnung auf Norderney gekauft. Die Anschrift: Dr.-Treck-Straße 9a. Grundbucheintragung A/45/Blatt 17/Parzelle 28.

Mit freundlichen Grüßen
Detektei Lupus GmbH
Unterschrift

Achtendorf machte eine Pause und fuhr dann fort:

»Die Rechnung liegt bei. Diese Auskunft kostete Madame Alice Wallmann fünfzehntausend Mark.«

»Und sie brach ihr das Herz!« sagte Meyers.

Sie schauten sich schweigend an.

»Nun haben Sie die Lösung Ihres Geheimnisses«, meinte Jacques Nevatier.

»Sicher nicht! Aber immerhin Hinweise. Ob wir dem Mörder allerdings näher gekommen sind, ist fraglich«, meinte Meyers. Parkuse wandte sich an seinen Kollegen Nevatier. »Ist es nicht seltsam«, fragte er, »sie baut in Enghien les Bains einen Liebespalast in der Größenordnung des Centre Pompidou, und es befinden sich keine Bauzeichnungen, keine Verträge, keine Abrechnungen in ihrer Wohnung?«

Der Hausmeister grinste. Er zeigte gegen die Decke.

»Madame hat das Appartement von einem Maler gekauft. Er besaß auf dem Dach noch ein Atelier!« sagte er auf Französisch.

»Führen Sie uns hin«, ordnete Nevatier an.

Sie folgten dem Hausmeister zum Aufzug. Saubere Marmorwände und entsprechende Seitenleuchten verrieten den Luxus des Hauses.

Sie betraten den Aufzug. Die Nummer sechs war Endstation. Eine Überdachung führte zu einem eckigen Flachdachbau. Rund um die Dachfläche zog sich eine hüfthohe Mauer.

Der Hausmeister besaß keinen Schlüssel für die stabile Tür. Er langte nach dem Werkzeug aus seiner Handwerkertasche und öffnete sie gewaltsam.

Sie traten ein.

Der Raum war nichts anderes als ein viereckiges Zimmer. Die Hälfte der Wände bestand aus Mauern, die andere aus Glas. Bis auf eine Sofaecke mit Tisch und Sesseln lief eine Arbeitsplatte mit eingebauten Schubladen rund um das Zimmer. Eine Schreibmaschine, ein Fotokopiergerät und eine Rechenmaschine verliehen ihm Bürocharakter, den der Blick auf Paris allerdings wieder aufhob.

»Das wird wohl ihr eigentliches Reich gewesen sein«, stellte Nevatier fest, und er und sein Kollege begannen sich in die Fülle der Ordner einzulesen, die sich massenhaft unter den Türen der Arbeitsplatte befanden.

Achtendorf schaute verträumt auf das von der Frühlingssonne angestrahlte Paris. Sein Blick reichte bis zum Eifelturm. Auch Meyers war tief beeindruckt von dem, was sich seinen Augen bot.

Das Durchstöbern der Aktenordner war nicht ihre Angelegenheit, und sie warteten auf die Hinweise, die sie nach Ostfriesland mitnehmen konnten.

Sie sahen, daß Nevatier und Parkuse sich mit Bauzeichnungen, Handwerkeraufträgen, Bankabrechnungen und Architektenkorrespondenz beschäftigten. Doch nach einiger Zeit fanden sie in Bergen von Originalen und Kopien eine grob in Schweinsleder gebunde Mappe.

Nevatier rief die Kollegen zu sich.

»Es dauert Wochen, bis wir das Material gesichtet haben. Es scheint mir auch nicht wichtig, wenn ich an Ihren Auftrag denke. Doch hier habe ich etwas in den Händen, das Sie interessieren könnte«, sagte er und führte sie an den Tisch. Sie setzten sich auf die Couch, während der Kommissar die Mappe aufschlug.

Die Beamten blickten auf Stempel und Siegel.

»Das Testament der Alice Wallmann«, sagte Nevatier ernst.

»Das ist ja interessant«, antwortete Achtendorf.

»Gut, ich übersetze und gebe wieder, worin der letzte Wille der Alice Wallmann bestand«, sagte Jacques Nevatier.

»Die Madame hat eine Stiftung gegründet, die ihr Werk weiterführen wird! Ihr persönliches Eigentum, sie meint das, was nicht in der Stiftung für den Bau des Eroscenters aufgeführt wird, wie etwa diese Wohnung, soll an Harry Kühnast gehen!« Die Beamten blickten sich überrascht an.

»Aber Harry Kühnast starb vor ihr! Sie mußte mit ihrem Tod früher gerechnet haben!« sagte Achtendorf.

Nevatier hob die Schultern, griff nach den Spitzen seines Schnurrbartes und fuhr fort: »Auf dem Friedhof von Enghien les Bains hat sie eine Grabstätte gekauft und eine Urnenbestattung durch die Firma Mortiem, ein französisches Bestattungsunternehmen, bereits bezahlt. Auch einen Grabstein hat Alice Wallmann sich bereits ausgesucht und die Inschrift bestimmt. Wenn es Sie interessiert, übersetze ich sie!«

»Sicher, denn es ist doch recht seltsam, daß sie mit dem Herzen zwar an Hamburg hing, sich allerdings Paris als letzte Ruhestätte aussuchte«, warf Meyers ein.

»In Einsamkeit schlafe ich hier, weil ich weiß,
daß alle, die vorgaben mich zu lieben,
diese Stätte nie aufsuchen werden!
Alice Wallmann, geb. am 19. 11. 1910 in Rahlstedt, Hamburg«.

»Sie war eine alte Frau und hatte entsprechend Vorsorge getroffen! Dennoch finde ich ihr Schicksal ergreifend«, sagte Achtendorf.

»Wir werden das Juristische erledigen. Die Stiftung wird für ihre Beerdigung aufkommen müssen«, sagte Jacques Nevatier.

»Mit ihrem Eroscenter in Enghien les Bains hat sie, so scheint mir, keinen Mörder herausgefordert, der sich von Paris aus den Weg nach Ostfriesland gemacht haben könnte«, stellte Achtendorf fest.

»Davon werden Sie wohl ausgehen können«, sagte Nevatier. »Wann fliegen sie zurück?«

»Um fünfzehn Uhr ab Orly«, antwortete Meyers.

Parkuse versiegelte die Tür, als sie das ehemalige Maleratelier verließen.

»Das Bauwerk wird im Sinne der Madame fertiggestellt werden, dafür sorgt die Stiftung«, sagte Nevatier, als sie in den Aufzug stiegen. »Ich besorge einen Dienstwagen. Er soll uns zum Liebestempel der Alice

Wallmann bringen. Von dort fahren wir zum Hotel, und danach begleiten wir Sie zum Flughafen Orly«, schlug er vor.

Die deutschen Kollegen stimmten zu.

Das Restaurant empfing die Beamten mit mattem Licht. Nur wenige Gäste befanden sich auf der Spätfähre nach Norderney.

»Ich fühle mich ausgelaugt. Außer Spesen, nichts gewesen, Herr Kriminalrat«, sagte Meyers und setzte sich an einen Fenstertisch.

»Spesen und Strapazen, Herr Kommissar. Allerdings gewinnen Reisen erst dann an Wert, wenn man sie hinter sich gebracht hat«, antwortete Achtendorf und rief der Bedienung zu, die verschlafen vor dem Tresen stand:

»Zwei Corvit und zwei Bier!«

Sie vernahmen, wie die Schrauben der Frisia III zu mahlen begannen und danach in einen vibrierenden Dauerton fielen. Draußen lag alles in Dunkelheit, und die Fenster spiegelten das Licht der wenigen Decklampen. Die Bedienung setzte die Getränke auf den Tisch und kassierte sofort.

»Prost, Herr Kommissar!« sagte Achtendorf. Sie tranken den kühlen Corvit in einem Zuge. »Ich gehe die Sache allerdings etwas positiver an. Es gibt doch einige Ansätze! Besorgen Sie Fotos der Mordwaffen in Originalgröße!«

»Wollen Sie diese in Ihr Kuralbum kleben?« fragte Meyers bissig.

»Herr Kommissar, wir werden sehen!« antwortete Achtendorf. Sie tranken das Bier.

Meyers bestellte zwei weitere Corvit. Er tat ihnen gut. Auch der Kommissar blickte nicht mehr so enttäuscht in den nächsten Tag, als sie endlich Norderney erreichten.

Ein Beamter der Schutzpolizei holte sie ab. Achtendorf verließ vor dem Sanatorium den Wagen.

»Es ist zwar nicht mein Zuhause, aber sicher erwarten mich auch hier liebe Menschen«, sagte er spöttisch.

»Vielleicht auch der Mörder«, antwortete Meyers.

Achtendorf sah dem Wagen nach, blickte auf die vornehme Fassade des Sanatoriums und schritt der Eingangstür entgegen. Er stieg die Stufen hoch, öffnete mit seinem Schlüssel die Tür.

Das Büro war, wie immer, unbesetzt.

Er schritt durch das Sesselzimmer. Die Gräfin saß im Fernsezimmer auf der Couch und starrte wie gebannt auf den flimmernden Bildschirm. Mein Gott, hat sie wieder eine dieser Reinkarnationssendungen erwischt, dachte der Kriminalrat, ging in die Küche, entnahm dem Kühlschrank eine Flasche Bier, langte nach einem Glas und dem Öffner und setzte sich zu ihr.

Während er sein Bier trank und Zigaretten rauchte, schenkte die Gräfin ihm keine Beachtung. Soweit er das Geschehen auf dem Bildschirm richtig erfaßte, wand sich dort ein Mann in Krämpfen und stotterte Worte, die ein Tonband aufzeichnete.

Plötzlich stöhnte die Gräfin auf.

»Frau von Akazienhain, Sie denken an die Morde! Wollen Sie sich von etwas befreien?« fragte er ironisch.

»Ach, haben Sie mich erschreckt!« stotterte sie verwirrt. Sie betätigte die Fernbedienung. Der Bildschirm erlosch.

»Herr Kriminalrat! Überwältigend echt!« sagte sie.

»Gräfin, finden Sie zurück! Gibt es etwas Neues?« fragte Achtendorf.

»Eine ganze Menge! Frau Hansky hat sich von einem Chauffeur ihrer Firma abholen lassen. Stellen Sie sich vor, sie ist unter dem Beifall des Professors mit Krücken ohne Rollstuhl zu ihrem Rolls-Royce gegangen!« Die Gräfin schaute ihn listig an.

»Das ist erfreulich! Die Witwe besitzt Energie!« antwortete Achtendorf.

Die Damen aus Lörrach sind abgereist! Es war so trist im Sanatorium, nachdem auch Sie nicht mehr anwesend waren«, sagte sie und suchte Trost in seinem Blick.

»Dann sind Sie und Ihre Freundinnen die letzten Gäste«, stellte Achtendorf fest.

»Abgesehen von den Lehrern, die nie richtig zu uns gezählt haben, und Herrn Zürmatt. Er hat sich für die Vollpension entschieden. Ein gebildeter Herr, der für uns eine Bereicherung darstellt«, antwortete sie.

»Gräfin, ich freue mich auf das Frühstück im vertrauten Kreis«, sagte Achtendorf und reichte ihr die Hand.

»Gute Nacht Herr Kriminalrat«, hauchte sie.

Achtendorf ging zum Aufzug. Er hatte nur den einen Wunsch, sich auszuschlafen.

17

Kriminalrat Achtendorf zog die Vorhänge auf. Keine Wolke zeigte sich. Der Himmel vereinigte sich nahtlos mit der Nordsee am Horizont.

Ein herrlicher Tag, stellte Achtendorf fest. Er rasierte

sich, duschte, zog sich an und verließ sein Zimmer. Im Speisesaal saß nur Dr. Zürmatt. Er hatte den Platz der abgereisten Frau Hansky eingenommen und aß mit ernstem Gesicht ein Brötchen. Die Damen mußten bereits gefrühstückt haben, denn ihr Geschirr war abgeräumt. Der Kriminalrat setzte sich an den verwaisten Tisch.

»Ein Tag, der so sonnig beginnt, vervielfacht die Wirkung der Anwendungen«, wandte sich Achtendorf freundlich an den einzigen anwesenden Gast.

Dr. Zürmatt blickte auf.

Er lächelte höflich.

»Das schöne Wetter kommt reichlich spät! Mir bleibt nicht mehr viel Zeit. Bald muß ich wieder in die Tretmühle«, antwortete er.

Grußlos brachte Zasimet Achtendorf den Kaffee und verließ danach den Speisesaal.

»Sind Sie Beamter wie ich?« fragte der Kriminalrat.

»Wenn Sie damit auf die Unkündbarkeit anspielen, dann wünschte ich mir, ich wäre es. Was die Bezahlung anbelangt, da kennt mein Beruf ähnliche Schranken wie der Ihre. Ich bin Regisseur und mit dem ›Roten Karren‹, einer Truppe neurotischer Schauspieler, auf einer Tournee. Aus technischen Gründen mußten wir pausieren«, entgegnete Dr. Zürmatt und schob sich hastig Brötchenreste in den Mund.

»Gastieren Sie auch auf der Insel?« fragte Kriminalrat Achtendorf, während er sich hungrig über das Frühstück hermachte.

»Vielleicht ein andermal«, antwortete der Regisseur und blickte Achtendorf mißmutig an, als hätte der Kriminalbeamte die Bedeutung seiner Kulturarbeit angekratzt.

»Ich wünsche Ihnen einen schönen Tag, Herr Kriminalrat«, sagte Zürmatt und verließ den Speisesaal.

Den haben die schrecklichen Ereignisse überhaupt nicht berührt, und der Tratsch hat ihn wohl nicht erreicht. Dabei hat dieser Bühnenmensch der schönen Erika Hobala aus Lörrach ganz schön das Lockenköpfchen verdreht. Ein seltsamer Kauz, dachte Achtendorf.

Frau Fortema betrat den Speisesaal. Ihr Gesicht wirkte besorgt.

»Herr Kriminalrat, Sie werden doch nicht ebenfalls abreisen wollen?« fragte sie ernst und begann, das Geschirr des Regisseurs abzuräumen.

»Nein! Mir gefällt es gut unter Ihrem Dach!« antwortete Achtendorf.

»Das alles schmerzt mich sehr«, stöhnte sie auf.

»Frau Fortema, sollte es uns gelingen, die Morde aufzuklären, dann können Sie den Mörder regreßpflichtig machen«, beschwichtigte Achtendorf die Sanatoriumsleiterin und schaute hinter ihr her, als sie den Raum wieder verließ. Auch sie konnte mit dem schönen Harry etwas gehabt haben, dachte er und frühstückte in Ruhe zu Ende.

Als er den Speisesaal verließ, vermißte er Schwester Christine. An der Praxistür kündigte ein Schild an, daß der Professor am heutigen Tage aus persönlichen Gründen keine Sprechstunden durchführen würde.

Achtendorf war entschlossen, das schöne Wetter zu nutzen und verließ das Sanatorium.

Die Luft war klar und würzig. Er bummelte über die Emsstraße, bog von dort in den Birkenweg und genoß den Blick auf die vom zarten Strandhafer bewachsenen Dünen. Zu ihm drang das Rauschen des Meeres, und er vernahm die Schreie der Möwen.

Eine Bank auf der höchsten Sanderhebung lud ihn zum Verweilen ein. Sein Blick reichte weit über die Dünentäler bis hinüber zu den Bungalows.

Plötzlich überraschten ihn Hufschläge galoppierender Pferde. Er sah die Reiter, die übermütig die Tiere antrieben, die mit großen Sprüngen die Dünen hochhetzten. ›Diese blaublütigen Weiber‹, dachte er. Dabei gehörten auch sie zu dem kleinen Kreis der mutmaßlichen Täter. Sie hatten sich im Zimmer der Frau von Akazienhain aufgehalten, als Harry mit einem Messer aus der historischen Bestecksammlung einer von Trotterbach hingestreckt worden war.

Der Kriminalrat erhob sich. Er dachte an Erna Kinkel. Das Strichmädchen aus Hamburg hatte es auf ihre Art zu Ansehen und Wohlstand gebracht. Als Alice Wallmann hatte sie in Paris einen modernen Zweckbau errichten lassen, der angesehenen Bürgern das erfüllte, was sie scheinheilig öffentlich verdammten. Auch sie hatte von Kundinnen und Kunden gelebt, die wie das Damenkränzchen auf der Sonnenseite des Lebens zu Hause waren.

Kriminalrat Achtendorf suchte den Strand auf. Er schritt an den sich auslaufenden Wellen entlang, schaute hin und wieder auf das weite Meer und spürte den Salzgehalt auf seinen Lippen.

Er dachte an den fähigen Kommissar Meyers, der unberührt von der Kritik der hiesigen Zeitungen konsequent seine Arbeit leistete. Dabei stand für ihn der Erfolg noch in weiter Ferne. Selbst die Kurverwaltung geriet wohl langsam in Hysterie, denn das Vermietungsgewerbe forderte eine schnelle Aufklärung der Morde, weil es den Rückgang von Buchungen für die sich nähernde Saison befürchtete.

Ein verständlicher Wunsch! Nur übersahen sowohl die Presse, als auch die Zimmervermittler, daß nicht die Polizei sich am Gesetz vergangen hatte, sondern ein Verbrecher, der raffiniert nach einem ausgetüfteltem Plan zwei kurende Gäste des Sanatoriums Theresenhöhe umgebracht hatte. Irgendwo lag der entscheidende Hinweis versteckt. Und den galt es zu finden.

In Gedanken versunken, schritt er dem Sanatorium entgegen.

18

Das Haus war ohne Leben. Achtendorf begab sich in den Speisesaal.

Er setzte sich zu den adeligen Damen, begrüßte sie freundlich und winkte dem Regisseur zu.

Frau Fortema hatte selbst gekocht. Das Ergebnis bestand aus einer hervorragenden Suppe, einem zarten Steak mit entsprechenden Beilagen.

Die Gräfin lachte belustigt, als Achtendorf sie an den halsbrecherischen Ausritt erinnerte.

»Herr Kriminalrat, Reiter und Pferd werden zu einer Einheit, wobei der Geist des Menschen dominierend bleibt«, sagte sie.

»Das Tier nimmt die Hürden, die wir ihm setzen«, sagte Frau von Windbach stolz.

»Meine Damen, ich bewundere Ihre Vitalität! Ihnen würde ich auch den Mut und die Geschicklichkeit zutrauen, an einem verregneten, dunklen Abend den Weg über eine stichelige Kiefer vom Fenstersims eines

Zimmers zum Rasen hinab zu finden«, sagte Achtendorf und lächelte provozierend.

Entrüstet schoben die Damen gleichzeitig ihre Nachtischschälchen von sich. Ihre Köpfe fuhren hoch, und ihre Gesichter strafften sich mit Falten. Ein drolliges Bild, dachte Achtendorf, blieb aber ernst.

Die Gräfin war es, die als erste die Sprache wiederfand: »Das ist unerhört! Sie nehmen doch wohl nicht an, jemand von uns hätte Harry Kühnast aus dem Wege geräumt?«

»Gnädige Frau, sicher stand Harry Kühnast jemandem im Wege! Ich habe Ihnen bereits im Café Marienhöhe meine Theorie offengelegt. Der Mörder ist keine Person, die zum Beispiel im Dünenhof oder in einem der Heime der Landesversicherungsanstalt wohnte und unser Sanatorium mit Mordabsichten betreten hat«, sagte Achtendorf höflich.

Frau von Windbach schob nervös mit den Fingern ihrer rechten Hand einen glitzernen Diamantring an der Linken auf und ab.

»Ich finde Ihre Vorstellungen absurd! Ihrem Lächeln entnehme ich, daß Sie sich einen Spaß daraus machen, uns in Aufregung zu versetzen«, fauchte sie.

»Und wenn ich ernsthaft Sie, die Gräfin und Frau Dr. von Keppler als mögliche Täterinnen in mein Konzept einbeziehe?« fragte Achtendorf im freundlichen Ton.

Frau Dr. Keppler drückte mit Daumen und Zeigefinger ihre schwergliedrige Goldkette, als wollte sie diese zum Schmelzen bringen. Ihre Augen verrieten eine tiefe Entrüstung.

»Unterlassen Sie bitte solche Anschuldigungen! Wir sind es gewohnt, Rechtsanwälten unsere Sorgen anzuvertrauen, wenn Beleidigungen aus bürgerlichen Ecken uns unverdient den Alltag vermiesen! Suchen Sie Ihre Mörder nicht in unserem Kreis!« zischte sie.

»Wir demonstrieren hier im Hause Haltung, wie unsere Erziehung das uns abverlangt!« sagte Frau von Windbach empört.

»Das hat Frau Wallmann nicht anders gehandhabt. Auch sie wurde ermordet«, antwortete Achtendorf und wußte, daß er die angeborene Ehre der Damen angekratzt hatte. Doch es ging hier schließlich nicht um den Ausgang einer Bridgepartie. Er dämpfte seine Stimme. Er wollte die eingebildeten Alten herausfordern, ja mehr noch, ihre angeborene Arroganz treffen.

»Für mich steht fest, daß der Mörder von Frau Wallmann und von Harry Kühnast weder abgereist ist noch sich irgendwo auf der Insel in einem anderen Haus versteckt hielt. Ich gehe davon aus, daß diese Person noch im Hause der Frau Fortema wohnt!«

»Sie geben mir Rätsel auf. Planen Sie uns in eine Komödie ein, oder wollen Sie mit den wenigen noch im Hause verbliebenen Gästen ein Drama nach einem imaginären Drehbuch aufführen?« fragte die Gräfin und lächelte ihn von oben herab an.

Dr. Zürmatt, der bisher geschwiegen hatte, ließ sich von Zasimet den Nachtisch bringen. Er war Zeuge der Unterhaltung geworden und mischte sich jetzt ein: »Gnädige Frau, das haben Sie treffsicher gesagt. Ich bin vom Fach. Als Dramaturg stelle ich fest, daß Herr Kriminalrat Achtendorf nur noch wenige Akteure für den letzten Auftritt einsetzen kann. Mir scheint, er hat seinen Text an der Wirklichkeit vorbei geschrieben und überrascht sein Publikum hinterher wie ein Zauberer, der den Mörder aus seinem Zylinder zieht.« Dr. Zürmatt präsentierte ihnen ein ironisches und mitleidiges

Lächeln. Achtendorf war verärgert über die egozentrische Einmischung des Bühnenfachmannes.

»Herr Dr. Zürmatt, Sie sind Theaterregisseur und bemühen sich, von Schauspielern Wirklichkeiten darstellen zu lassen, die fantasiereiche Schreiber erfunden haben. Ich bin Kriminalbeamter,der hinter Vorgänge schauen muß, die das Leben geschrieben hat. Dabei habe ich erfahren, daß Verbrecher oft angeborene Schauspielerfähigkeiten besitzen, die die Leistungen Ihrer ausgebildeten Darsteller bei weitem übertreffen!« warf er erbost ein.

Dr. Zürmatt lächelte verzeihend.

»Auf Ihrer Bühne, Herr Kriminalrat, geht es um die Existenz echten Lebens, bei uns um Gagen zum Überleben! Aber Sie gestatten mir, daß ich dennoch die Partei der Damen ergreife.«

Das Damenkränzchen klatschte Beifall. Auf den Tod der Frau Wallmann waren sie nicht eingegangen. Die Bordellbesitzerin hätte mit Sicherheit keine Vorbehalte gezeigt, wenn eine der Damen sie aus ihrem Zimmer gelockt hätte.

Zasimet erschien und trug Geschirr davon.

»Daraus schließe ich, daß auch Sie der Meinung sind, daß sowohl Harry als auch Alice Wallmann von einem Mörder hingestreckt wurden, der nicht zu den Patienten des Professors gehört?« fragte Achtendorf den Regisseur kleinlaut.

»Herr Kriminalrat, wo bleibt Ihre Logik? Professor Juskow lebt nicht nur von den Hauspatienten. Er betreut auch Betten im Krankenhaus«, antwortete der Regisseur ironisch.

Achtendorf ließ die geringschätzigen Blicke der Damen an sich abgleiten.

»Das war es dann, Herr Kriminalrat«, sagte die Gräfin und gab ihren Freundinnen das Zeichen zum Aufbruch. Die Damen erhoben sich und verließen mit erhobenen Häuptern den Speisesaal.

»Viel Glück bei der Jagd nach dem Täter, der Täterin, den Tätern oder Täterinnen«, sagte Dr. Zürmatt und verließ ebenfalls den Speisesaal.

Frau Fortema erschien. Sie trug noch die weiße Küchenschürze.

»Herr Kriminalrat. Ich habe Werbeanzeigen aufgegeben. Die Verbrechen bringen mich an den Rand des Ruins«, stöhnte sie.

»Und mich um den Kurerfolg«, antwortete der Kriminalrat.

»Herr Achtendorf, stimmt es, daß Sie annehmen, der Mörder oder die Mörderin befänden sich noch unter meinem Dach?« fragte sie mit sorgenvollem Gesicht.

»Was meinen Sie denn?« fragte der Kriminalrat lächelnd.

Die Leiterin rieb sich verlegen die Hände an ihrer Schürze.

»Nein, das kann nicht stimmen«, sagte sie und begann zu schluchzen.

»Frau Fortema, grau ist alle Theorie. Der Professor hat mir aufgetragen, den Mittagsschlaf einzuhalten«, sagte Achtendorf und ließ sie stehen, um sein Zimmer aufzusuchen.

19

Am Nachmittag waren die Geschäftsstraßen vollgestopft mit Menschen, die Ruhebänke alle besetzt. Achtendorf stieg in ein Taxi und ließ sich zur ›Weißen Düne‹ fahren. Dort betrat er mit dem Blick auf das weite Meer den Strand. Eine leichte Brise wehte ihm frische Luft entgegen. Er schritt kräftig aus. Die Sonne schien ihm in das Gesicht, und die Möwen segelten im Wind.

Erst als er den Pfahl entdeckte, an dem Alice Wallmann ihr Leben ausgehaucht hatte, entschwand seine Sorglosigkeit. Er blieb stehen und beobachtete, wie das Wasser der Flut sich an dem geteerten Pfahl brach. Achtendorf vertraute dem Wind ein kleines Gebet an und dachte an ihren gemeinsamen Besuch in der Kirche. Sie hatte eine Kerze angezündet. War sie wirklich so gläubig gewesen? Hatte sie sich der Mutter Gottes anvertraut? Tief in Gedanken versunken, ging er weiter.

Am Januskopf verließ er den Strand. Von dort war es nicht weit bis zur Knyphausenstraße. Sein Ziel war das Polizeihaus.

Er suchte das Dienstzimmer Meyers auf.

»Nehmen Sie Platz, Herr Achtendorf«, sagte der Kommissar und wies auf einen Stuhl. Dabei strahlte er, als wäre es ihm gelungen, die beiden Morde aufzuklären.

»Herr Kommissar, meine Grübeleien machen mich zum Strandläufer, und dabei verliere ich an Gewicht«, sagte Achtendorf.

»Dann wird Professor Juskow mit Ihnen sehr zufrieden sein«, scherzte Meyers.

»Doch ich nehme seelischen Schaden. Selbst die wenigen Gäste des Sanatoriums beginne ich zu vergraulen«, antwortete Achtendorf.

Meyers nahm eine Akte in die Hand, verließ den Schreibtisch, stellte sich an das Fenster und warf einen zufälligen Blick auf den Onno-Fisser-Platz.

»Herr Kriminalrat, schauen Sie sich diese Idylle an«, sagte er und grinste.

Achtendorf stand auf und blickte nach unten.

»Das darf nicht wahr sein«, stöhnte er. Auf einer Bank saßen die adeligen Damen und hielten ihre Gesichter in die Sonnenstrahlen.

»Herr Kriminalrat, Sie verdächtigen das Damenkränzchen. Sie sind die letzten Gäste im Sanatorium.«

»Nein, dieser Regisseur kurt ebenfalls noch. Er hat mir heute beim Essen die Schau gestohlen, als ich mit den blaublütigen Damen begann, Klartext zu sprechen«, antwortete Achtendorf.

»Hier, lesen Sie! Der junge Hansky ist verhört worden«, sagte Meyers und reichte dem Kriminalrat die Akte.

Achtendorf las die Aktenseiten, dann reichte er Meyers den Schnellhefter wieder zurück.

»Der junge Hansky muß über das Vorleben des Geliebten seiner Mutter Informationen besessen haben!« stellte Achtendorf fest.

»Das Protokoll verhärtet meinen Verdacht gegen ihn. Olaf Hansky antwortete wie auswendig gelernt«, sagte Meyers nachdenklich.

»Aber wer ermordete Alice Wallmann? Zum Zeitpunkt des zweiten Verbrechens saß der Junior bereits hinter Gittern«, stellte Achtendorf fest.

»Vielleicht hatte er einen Komplizen. Eine Person, die nicht im Sanatorium kurte«, sagte Meyers.

»Frau Hansky hatte es sehr eilig, Norderney zu verlassen! Bemerkenswert erscheint mir ihre Energie. Sie erlitt keinen Rückfall. Im Gegenteil, sie hat das Sanatorium nur mit Krücken verlassen und den Weg zu ihrem Rolls-Royce ohne fremde Hilfe zurückgelegt«, erwähnte Achtendorf.

»Und sie scheint das Interesse an der zusammen mit Harry geführten Firma und der neuen Wohnung verloren zu haben. Warten wir ab, wie sie sich in Zukunft verhält«, sagte Meyers.

»Sehr gut, Herr Kommissar, dann wollen wir mal die tatkräftigen und unternehmungslustigen Damen ein wenig in das Scheinwerferlicht rücken.«

Meyers blickte durch das Fenster. Er lachte.

»Sehen Sie! So, als hätten sie gelauscht, verlassen sie wie Geschwister die Bank. Erhobenen Hauptes. Wie Würdenträgerinnen schreiten sie davon«, kommentierte er.

»Haben Sie die Fotos der Mordwaffen anfertigen lassen?« fragte Achtendorf.

»Sie befinden sich in meiner Tasche. Ich beabsichtige, sie den wackeren Damen bei einer Tasse Kaffee zu präsentieren. Sie sind dazu herzlich eingeladen«, antwortete Meyers und lachte verschmitzt.

»Und wo soll das Rendezvous stattfinden?« fragte Achtendorf.

»Ich habe an das Denkmal-Café gedacht. Die fensterlose Plüschstube ist dem Gehabe der Damen ganz angepaßt. Ich habe sie für uns ab neunzehn Uhr reservieren lassen«, antwortete Meyers.

»Sie schlagen aber eine forsche Gangart ein, Herr Kommissar«, staunte Achtendorf.

»Nun, die Damen werden in einigen Minuten meine

höfliche Einladung aus der Hand Frau Fortemas erhalten! Um Sie vor neugierigen Fragen zu schützen, liegt der Rezeption des Sanatoriums bereits Ihre förmliche Abmeldung vom Abendessen vor«, sagte Meyers. Er blickte Achtendorf an, als müßte er sich entschuldigen. Er war in seinen Vorbereitungen vielleicht etwas zu weit gegangen. »Ich gebe zu, das Programm läuft ein wenig eigenmächtig ab. Zur Überbrückung der Zeit bis zum Treffen mit den Vertreterinnen des kurenden Adels kann ich Ihnen alternative Vorschläge unterbreiten.«

»Herr Kommissar, wenn Sie an ein Essen denken, dann vergessen Sie Ihre gutgemeinte Vorsorge. Andererseits habe ich meinen Bedarf an Möwengeschrei, Meeresrauschen und Sandtreten für heute gedeckt. Was bleibt danach noch auf der Vorschlagsliste?« fragte Achtendorf ironisch.

»Ehrlich gesagt, nicht viel! Heute ist mein Saunatag. Ich kann Sie als Gast einladen. Kosten entstehen Ihnen keine«, meinte Meyers.

»Nicht schlecht! Wir haben ein gemeinsames Hobby, wie ich erfahre. Wenn ich mich nicht im Kreise nackter Mädchen zeigen muß, bin ich mit von der Party«, sagte Achtendorf.

»Dann gehen wir«, schlug Meyers vor.

»Stammt der Tip von Lehnartz?« fragte Achtendorf.

Meyers nickte. »Von siebzehn bis zwanzig Uhr haben die Mitglieder des TUS Norderney bis zum Beginn der Saison im Sporthotel freien Eintritt. Handtücher und Laken bekommen wir gegen eine geringe Gebühr.«

Sie verließen das Polizeihaus und machten sich auf den Weg zum Sporthotel.

»Das war eine fabelhafte Idee. Wie schnell man doch in der Sauna seinen Ärger und Mißmut loswerden kann«, sagte Achtendorf, als sie das Sporthotel verließen.

Es war bereits dunkel. Straßenleuchten und Reklametransparente warfen ihr Licht auf die wenigen Passanten. Vom Strand her wehte ein frischer Wind salzhaltige Luft in die Stadt. Auf das Steindenkmal vor dem Café fielen die Strahlen der Scheinwerfer, die seitlich an der Stella-Maris-Kirche angebracht waren. Hinter den Scheiben des Cafés saßen ältere Menschen und suchten vor aufgeschlagenen Illustrierten Kurzweil.

Der Wirt begrüßte die Kriminalbeamten und entfernte das zur Absperrung eingehakte Plüschseil.

Sie setzten sich an einen Tisch, um auf die Damen zu warten, die so erfolgreich unter der Regie Professor Juskows kurten.

Die Gräfin war es, die als erste ihren Kopf mit ondolierten Silberhaaren über die Brüstung steckte und laut zu ihren Freundinnen sprach:

»Hier sind wir richtig!«

Meyers erhob sich.

»Hier sind Sie auch willkommen«, sagte er zur Begrüßung. Er verließ seinen Platz und half den Damen aus ihren teuren Mänteln.

Er begleitete sie die wenigen Stufen hoch und wies auf den Kriminalrat, der seinen Tischnachbarinnen freundlich entgegenblickte. Achtendorf sah, daß die Damen festliche Röcke trugen und auch mit der Auswahl der Schmuckstücke aus ihren Schatullen großzügig verfahren waren.

»Meine Gnädigsten, Sie sind unsere Gäste. Wünschen Sie nach altem ostfriesischen Brauch Kuchen und Tee? Oder bevorzugen Sie Kaffee? Der Wirt führt ein süffiges Bier und kann auch mit Sekt aufwarten. Sollten Ihnen Bedenken kommen, so reicht er Ihnen auch das kurgemäße Wässerchen«, sagte Meyers freundlich.

»Herr Kommissar, Ihre Einladung ist uns auf den Magen geschlagen. Aus diesem Grunde ließen wir die Pastetchen von Zasimet unberührt abtragen. Wir sind keine Teenager mehr«, sagte die Gräfin höflich.

»Ein Stückchen Obsttorte mit Schlagsahne könnte uns für den Verlust entschädigen«, meinte Frau von Windbach.

Der Kommissar bemühte sich um die Gäste, als säßen knusprige Strandschönheiten am Tisch.

»Tee mit Kluntjen und Sahne, oder möchten Sie lieber Kaffee?« fragte er mit seinem charmanten Lächeln.

»Kaffee«, entschied Frau Dr. Keppler für ihre Freundinnen mit.

Meyers gab die Bestellung an den Wirt weiter und wünschte auch für sich und Achtendorf Kaffee, trotz des großen Saunadurstes. Die Blicke der Damen ruhten neugierig auf Meyers. Sie lasen ihm die Worte von den Lippen ab.

»Meine Damen, ich bin froh darüber, daß Sie unserer Einladung gefolgt sind. Lassen Sie mich ein Kompliment hinzufügen. Die Kur, auch wenn sie noch nicht zu Ende ist, hat Ihnen gutgetan, denn ich muß ehrlich gestehen, würde ich nicht Ihr Alter kennen, ich hätte Sie wesentlich jünger eingeschätzt. Und wie mir Herr Achtendorf berichtete, reiten Sie auch noch recht flott zu Pferde durch unsere herrliche Dünenlandschaft«, sagte Meyers und schaute erwartungsvoll zur kleinen Treppe. Er wollte das Gespräch hinhalten, bis Kaffee und Kuchen die Atmosphäre auflockerten.

»Herr Kommissar, an Eitelkeit hat es uns nie gefehlt!

Wir danken Ihnen und nehmen Ihre Bewunderung mit Freude entgegen«, sagte Frau Dr. von Keppler höflich.

»Es ist allerdings anzunehmen, daß Ihre Einladung Ihrer beruflichen Neugierde entspringt«, warf die Gräfin ein und lächelte gewinnend.

»Meine Damen, es scheint, als hätte Harry Kühnast das schlechte Wetter mitgenommen. Wir genießen einen herrlichen Vorfrühling«, sagte Achtendorf.

»Unsere Jahre sind gezählt, Herr Kriminalrat. Sie verstehen, daß wir sie nicht in Trübsal zerrinnen lassen wollen«, antwortete Frau von Windbach und lächelte wie ein kleines Mädchen.

»Meine Damen, Sie trauen sich noch Einiges zu! Ich fürchtete um Ihr Leben, als Sie halsbrecherisch durch die Dünen galoppierten«, sagte Achtendorf.

»Pferde bedeuten für uns dasselbe, wie Ihnen Ihr Schreibtisch«, konterte Frau Dr. von Keppler ungeduldig.

Der Wirt servierte den Kuchen. Er beeilte sich und brachte die Kaffeekännchen sofort hinterher. Die Damen begannen heißhungrig ihre Gabeln in die Tortenstücke zu graben. Die Kriminalbeamten schauten belustigt zu und tranken Kaffee. Nach einer Weile fragte Meyers gelassen:

»Meine Damen, verdanken wir Ihnen den aus zurechtgeschnittenen Zeitungszeilen erstellten Brief mit dem Hinweis, eine langhaarige Dame, die einen Rucksack trug, hätte über die Kiefer den Zugang zu Harrys Zimmer gesucht?«

Die Gräfin hob den Kopf und schaute ihre Freundinnen an. Frau von Windbach lächelte und ließ ihre Gabel im letzten Drittel der Torte stecken.

»So ist es! Aber erwarten Sie von uns keinen exakten

Zeugenbericht. Ich hatte die Toilette aufgesucht und durch das kleine Fensterchen geblickt. Ich glaubte das gesehen zu haben, was wir Herrn Achtendorf mitgeteilt haben, und zwar anonym, weil wir Angst hatten. Da ich allerdings weiß, daß ich parapsychologisch begabt bin, kann ich nicht mit Sicherheit sagen, ob es sich um wirkliche Vorgänge gehandelt hat. Dennoch habe ich meinen Freundinnen davon berichtet«, sagte sie und begann den Rest des Kuchens zu verspeisen.

»Es war dann meine Idee, unser Wissen nicht für uns zu behalten«, sagte Frau Dr. von Keppler.

Das Damenkränzchen strahlte, als hätte es dazu beigetragen, die Fälle zu lösen.

»Eine reizende Hilfe! Aber auch wir hatten Visionen! Gnädige Frau, Sie sind eine geborene von Trotterbach?« wandte sich Meyers an die Gräfin. Die Gnädige von Akazienhain bemühte sich irritiert um den letzten Bissen. Ihre empörten Blicke warfen Fragen auf.

»Gibt es Nebenlinien Ihres Geschlechtes, die Ihnen unbekannt geblieben sein können?« fragte Achtendorf.

»Was der Gothaer Kalender dokumentiert, das ist für mich die Wahrheit! Vielleicht hat jemand einen falschen Namen benutzt? Es existieren auch falsche Geldscheine!« antwortete sie empört.

»Nun, dann müssen wir direkter werden, gnädige Frau. Kennen Sie eine Verwandte, die sich Elisa von Trotterbach genannt hat?« fragte Achtendorf.

Die Gräfin antwortete verärgert: »Es gab ein schwarzes Schaf in meiner väterlichen Linie. Eine ledige Cousine soll sich exentrisch weit von den Vorstellungen der Familie entfernt haben. Sie wurde sehr verachtet.« Gräfin von Akazienhain schaute die Beamten mißmutig an.

»Gnädige Frau, dann wird es Sie nicht sonderlich

überraschen, wenn Sie erfahren, daß diese Cousine im hohen Alter in Harry Kühnast verliebt gewesen war, ja mit ihm zusammen gelebt hat«, sagte Achtendorf.

So, als hätte diese Aussage ihr Leben bedroht, begann die Gräfin zu zittern. Ihre Augen wurden starr. Sie röchelte und rang nach Luft, als würde sie an etwas ersticken.

Frau von Windbach und Frau Dr. von Keppler sprangen auf und begannen, sich wie gelernte Krankenschwestern mit gezielten Griffen um die Leidgeprüfte zu kümmern, um sie für das Diesseits zu erhalten. Die Kriminalbeamten blieben gelassen und beobachteten das Schauspiel, ohne die Nerven zu verlieren.

Der Wirt schaute kurz in das Plüschzimmer und erschien mit einem Cognac. Die Gräfin trank ihn hastig. Ihr Anfall verging, und in ihr Gesicht stieg eine leichte Röte.

Ihre empörten Blicke fanden bei den Beamten keine Resonanz.

Frau von Windbach und Frau von Keppler setzten sich aufgeregt wieder auf ihre Plätze. Die vielen Goldreifen und die teuren Kettchen pendelten sich aus. Auch die Empörung fiel von der Gräfin ab und wich angesichts der unnachgiebigen Haltung der Kriminalbeamten einer aufkeimenden Sanftmut.

Kommissar Meyers hielt den Augenblick für gekommen, sich um weitere Klarheiten zu bemühen. Er zog die in Originalgröße fotografierten Bilder der Mordwaffen aus seiner Tasche.

»Gräfin, schauen Sie sich die Fotos an! Handelt es sich um Messer, die aus dem antiken Tafelsilber der Lady Woodyforth stammen, das zum Vermögen Ihrer Cousine gehört hat?« fragte Meyers.

Erneut rang die Gräfin von Akazienhain um ihre Fassung.

Frau von Windbach entsetzte sich: »Ihre brutalen Methoden nehmen lebensbedrohende Formen an!«

Während die Gräfin, ohne ein Wort zu äußern, mit starrem Blick die Fotos anschaute, antwortete Achtendorf:

»Das sehen Sie falsch! Die Polizei bedroht kein Leben, sondern hilft es schützen. Wir können bei unserer Aufgabe, Verbrechen aufzuklären, nicht vor gesellschaftlichen Schranken Halt machen.«

Die Gräfin stieg aus einer Traumwelt zurück. »Um den Verbleib des antiken Tafelsilbers hat es in meiner Familie einigen Wirbel gegeben. Wie kommen diese Stücke in Ihren Besitz?« fragte sie irritiert.

»Gnädige Frau, es handelt sich um die Mordwaffen! Ich weiß jetzt nicht, ob das eine oder das andere Messer in Harry Kühnasts Brust oder im Rücken der Alice Wallmann saß!« sagte Achtendorf mit harter Stimme.

Die Gräfin zitterte. Unruhig schaute sie um sich.

»Das ist ja entsetzlich!« zischte Frau von Windbach.

»Meinen Mantel!« rief die Gräfin und begann zu schluchzen.

Frau Dr. von Keppler sprang auf. Sie besorgte den Mantel und reichte ihn der verwirrt um sich stierenden Gräfin. Die Damen waren wie aus dem Häuschen. Es dauerte eine Weile, bis sie alle in die richtigen Ärmel gefunden hatten.

»Danke für den schönen Abend«, schrie Frau Dr. von Keppler, als sie fluchtartig das Cafe verließen.

»Mir scheint, wir haben die Damen sehr geschockt!« sagte Meyers und lachte.

»Mir ist ebenfalls zum Lachen zumute, doch falls

diese stelzigen Hochwohlgeborenen nichts mit den Morden zu schaffen haben, stehen wir schlecht da«, sagte Achtendorf ernst.

»Vielleicht öffnet die Gräfin auf ihrem Zimmer eine Flasche Sekt, und die Damen stoßen auf ihren Erfolg an, weil sie glauben, uns hereingelegt zu haben.«

»Weil es gar keine langhaarige Fassadenkletterin gab?« fragte Achtendorf.

»Die Verwendung der Messer weisen in eine Richtung, in der noch Abstammung, Reichtum und Ansehen ehrbare Akzente setzen. Mußten die Opfer sterben, weil sich rachsüchtige und sich entwürdigt fühlende Verwandte um ihr Erbe betrogen fühlten? Oder meldete ein verwöhnter Nichtsnutz seine Rechte an einem Handelsimperium an, das in Gefahr lief, von Harry beherrscht zu werden? Herr Kriminalrat, ein Schmierentheater.«

»Dem stimme ich zu, und zur Abrundung der Ironie trug ein echter Regisseur mir ganz ähnliche Gedanken vor«, antwortete Achtendorf.

»Selbst die Sanatoriumsbesitzerin ließe sich in die Handlung einstricken. In der Zeit der Kostendämpfungsgesetze für das Gesundheitswesen standen viele Häuser leer. Schleppte der charmante Harry Frau Fortema liebeshungrige Alte in das Sanatorium?« fragte Meyers.

»Ich glaube nicht an Akteure, die außerhalb des Sanatoriums, also fern unserer Bühne, waren«, sagte Achtendorf überzeugt.

»Bis jetzt sitzt nur einer hinter Gittern. Olaf Hansky hat den Einbruch gestanden. Sein Kumpel, ein Krimineller mit vielen Vorstrafen, um Jahre älter und homosexuell, kann sich nicht zu Harry hochgeschlichen haben. Er hat ein hieb- und stichfestes Alibi«, trug Meyers vor.

»Trinken wir noch ein Glas Bier! Unser Puzzel zeigt noch zu wenig Anlegekanten«, sagte Achtendorf und rief den Wirt.

20

Frau Fortema hatte den Kriminalrat mit höflichen Floskeln an den nun freien Tisch der Alice Wallmann umquartiert. Auch sie ging ihm gegenüber auf Distanz, weil sie den Verdacht nicht loswerden konnte, er hätte ihr die Kriminalbeamten auf den Hals geschickt, die sie einem ernsthaften Verhör unterzogen hatten.

Dr. Zürmatt war, ohne Abschied zu nehmen, abgereist. Niemand verübelte diesem gestreßten Regisseur die kleine Unhöflichkeit. Er mußte mit seinen nur zum Teil regenerierten Kräften haushalten, denn von seiner Theatertruppe wurde selbst in Provinzstädten hochstehende Kunst erwartet.

Professor Juskow und seine junge Krankenschwester gaben sich alle Mühe, die trübe Stimmung im Sanatorium zu beleben. Die medizinische Betreuung war optimal, und die Rundumversorgung ließ nichts zu wünschen übrig.

Das Wetter hatte sich eingetrübt. Achtendorf hatte das Gefühl, als läge über Norderney die Melancholie der unaufgeklärten Morde.

Zwischen seinen Kurterminen suchte er häufig den Strand auf. Er hatte Gefallen daran gefunden, den abwechslungsreichen Wolkenhimmel zu beobachten, dem Donnern der Wellen zuzuhören und den Möwen zuzuschauen, wenn sie sich respektlos in Greifhöhe in den Wind hingen.

Im Cafe Marienhöhe kannte man inzwischen den stillen Besucher, der sich bescheiden an ein Fenster setzte und bei einer Tasse Kaffee auf das Meer und den Zipfel der Insel Juist schaute.

An diesem Nachmittag nahm der Kriminalrat den Blick von der Nordsee und schlug die Weser-Ems-Zeitung auf. Vom politischen Teil reichten ihm die Schlagzeilen. Er las den Sportteil und schlug dann das Feuilleton auf. Die Würdigung amerikanischer Literatur fand auch in diesem Blatt im Übermaße Raum. Fast hätte er im unteren Teil unter der Überschrift ›Kulturnotizen‹ einen kleinen Beitrag übersehen, der die Leistungen der Schweizer Theatertruppe ›Der rote Karren‹ würdigte. Der Regisseur Dr. Zürmatt hatte in Osnabrück mit seinem Stück ›Paradiesblumen‹ ein begeistertes Publikum gefunden. Die Zeitung hob auch die Leistungen der Schauspieler hervor und kündigte an, daß Dr. Zürmatt mit seinem Tourneetheater im ›Neuen Theater‹ in Emden gastieren werde.

Achtendorf legte die Zeitung beiseite. Er steckte sich eine Zigarette an und schaute auf das Meer. Der Regen hatte noch nicht aufgehört. Weißgraue Wolken stiegen am Horizont auf und kündigten eine Wetterbesserung an, doch noch widerstand das Sturmtief dem aufgebristen Wind.

Spontan kam ihm die Idee, seinen Kuraufenthalt mit einem Theaterbesuch zu bereichern. Uneingestanden litt er unter Einsamkeit. Er erhob sich und ging zum Gästetelefon. Vielleicht hatte Meyers am Freitag frei und konnte ihn begleiten. Er wählte die Nummer der Polizei und ließ sich mit Meyers verbinden.

»Mit dem größten Vergnügen, Herr Kriminalrat! Kunst aus erster Hand interessiert auch mich. Wir leben schließlich in der Provinz, da sind solche Genüsse selten«, stimmte Meyers spontan zu.

»Sehr schön. Ich besorge sofort zwei Theaterkarten«, schlug Achtendorf vor.

»Überlassen Sie das mir. Außerdem kenne ich ein gutes Hotel. Um diese Jahreszeit gibt es in der See- und Hafenstadt genügend freie Betten«, antwortete Meyers.

Achtendorf freute sich und ging zurück an seinen Tisch. Er studierte die Zeitung, bis der Regen aufgehört hatte. Als er gegen achtzehn Uhr das Sanatorium betrat, hatte sich das Blatt für Frau Fortema gewendet.

Neue Gäste waren angereist und füllten mit erwartungsvollen Blicken die Plätze der Abgereisten. Frau Fortema schlich mit hochrotem Kopf durch den Speisesaal. Als habe sie ihn erwartet, nahm sie ihn beim Arm.

»Herr Kriminalrat, ich hoffe, daß nichts durchsickert! Übrigens holt Sie morgen ein Freund gegen achtzehn Uhr mit dem Wagen ab. Der Herr nannte keinen Namen am Telefon«, sagte sie flüsternd und schob ihn freundlich wie einen alten Bekannten an seinen Tisch.

»Herr Achtendorf ist Verwaltungsangestellter, genauer, Stadtdirektor. Darf ich vorstellen, Frau von Erftal und Frau Studiendirektorin von Nußdorf«, sagte sie mit einem verbindlichen Lächeln.

Achtendorf spürte, wie seine Drüsen Schweiß absonderten. »Angenehm«, sagte er und dachte entsetzt: ›Wie gehabt‹. Er blickte auf den protzig zur Schau gestellten Schmuck, fand in den alten Gesichtern die ihm vertraute Arroganz.

»Kuren Sie schon länger?« fragte Frau von Erftal.

»Fast zu lange«, antwortete Achtendorf mit einem höflichen Lächeln und machte sich über die Pastete her. Er sah das Bayerisch-Grün der Lodenjäckchen, bemerkte die kleinen Moosröschen auf den Blusenkragen.

»Reiten Sie?« fragte er die Damen. Ihre faltigen Gesichter wurden ernst.

»In unserem Alter?« empörte sich Frau von Erftal.

»Entschuldigen Sie die Frage, aber ich kenne ältere Kolleginnen von Ihnen, die galoppieren hier wie junge Mädchen durch die Dünen«, sagte er und blickte auf das Damenkränzchen, das ihn nicht beachtete.

Er war zu weit gegangen, das spürte er. Er mußte seine Kur hier unter alten Menschen endlich zu Ende führen.

Er schob den Teller von sich und gab Zasimet einen Wink, daß er weder Tee noch die obligatorische Aufschnittplatte wünschte.

»Sind Sie auch wegen des Professors hier?« fragte er einlenkend.

Die Damen strahlten ihn an, als hätte er von Gott gesprochen.

»Ja, das ist der Fall, Herr Stadtdirektor«, hauchte die alte Lehrerin.

»Gute Nacht«, sagte Achtendorf und verließ den Speisesaal.

21

Wie angekündigt, holte Meyers den Kriminalrat mit dem Wagen vom Sanatorium ab.

Die Frisia lag bereits mit herabgelassener Ladeluke am Kai. Ein Matrose winkte sie in eine Parklücke. Sie gingen zum Restaurantdeck, bestellten Kaffee und setzten sich an einen Fenstertisch. Der Blick nach draußen war noch versperrt von der Kaimauer.

Achtendorf war gespannt zu erfahren, ob Meyers Neuigkeiten mit sich brachte, denn er hatte ihn mehrere Tage nicht gesehen.

»Herr Kriminalrat, von einer Wende können wir noch nicht reden. Allerdings ergaben unsere Recherchen, daß das Vermögen der Elvira von Trotterbach, bis auf Harrys Erbe, an die Gräfin von Akazienhain gegangen ist. Diese Tatsache verhärtet den gegen sie gerichteten Verdacht. Doch noch sensationeller belegen Zeugenaussagen, daß auch Frau Dr. von Keppler in Bad Badenweiler, allerdings nur für einen Kuraufenthalt, die Busenfreundin Kühnasts gewesen ist. Die Kollegen in Freiburg sind dabei, an Hand der Unterlagen des Kuramtes und der Versicherungskassen das nicht lieblose Leben der Damen zu erforschen, die wohl vor Jahren noch das Bad im Schwarzwald bevorzugten.«

Die Frisia legte mit mahlenden Maschinen ab. Schon nach wenigen Minuten kämpfte sie sich gegen den Wind und schnitt schaukelnd die Schaumkronen der Wellen.

»Dann haben möglicherweise Frau Dr. von Keppler und Frau von Windbach keine Vermögenswerte außer Liebeskummer zu beklagen gehabt«, sagte Achtendorf.

»Das kann auch zum Teil auf Frau Fortema zutreffen. So hat unsere erst jetzt begonnene Buchprüfung bereits das Ergebnis gebracht, daß Harry Kühnasts Kuraufenthalt nicht auf der Einnahmenseite ihrer Konten erschienen ist«, erklärte Meyers.

Achtendorf schaute nachdenklich in die sich auftürmenden grauschwarzen Wolkenmassen.

Harry Kühnast hatte sein Handwerk verstanden, dachte er angewidert. Er trank ein paar Schlucke Kaffee.

»Die Wallmann sah sich wohl selbst als eine Art Florence Nightingale des ausgehenden zwanzigsten Jahrhunderts. Man muß sich die Dimensionen vorstellen! AIDS ist die Seuche, die die ganze Welt erzittern läßt. Die Madame besaß bereits ein sicheres Programm, ihr Gewerbe zu erhalten und womöglich zu neuen Rekorden zu führen und Harry, der kleingeistige Witwentröster, schielte nach bürgerlichem Glück mit der Hansky!« sagte Achtendorf.

»Das bringt mich erneut auf Hansky Junior. Er war ein Tunichgut! Allerdings war er bereits alt genug, um zu begreifen, daß die Verbindung seiner Mutter mit dem Casanova der Greisinnen das Vermögen seines verstorbenen Vaters gefährden konnte. Deshalb habe ich mich auch um sein Vorleben bemüht. Er wurde, so kann man aus den Untersuchungsergebnissen schließen, häufig Zeuge elterlicher Auseinandersetzungen. Er störte das lockere Leben seiner Mutter, während sein beschäftigter Vater kaum Zeit für ihn fand. Der alte Hansky schockierte den Markt mit seiner Produktpalette. Von der Kosmetikserie ›Mexico Beige‹ bis hin zu ›Dentaklar‹ erkämpfte er sich hohe Marktanteile, während sein Sohn nach mehreren Bruchlandungen an verschiedenen Gymnasien und einer Gastrolle in einem teuren angesehenen Internat immer noch kaum Leistungen zeigte. Dafür ist er aber häufig mit der Schulordnung in Konflikt geraten. Eine Lehre in einem befreundeten Betrieb brach er ab. Aufenthalte in Brüssel und Straßburg endeten mit einem Fiasko. Selbst die Mitgliedschaft in einem Motorradclub gelang ihm nicht, weil er sich nicht unterordnen konnte. Dabei bemühten sich selbst die Manager der Betriebe, den Junior und einzigen Erben auf Vordermann zu bringen«, trug Meyers vor.

Achtendorf schaute auf die grüngrauen Wellen, die der Wind hochgekämmt vor sich her trieb. Die Dünenausläufer der Insel Juist gerieten ins Bild. Die Frisia änderte mit Schaukelbewegungen ihren Kurs. Achtendorf wandte sich Meyers zu:

»Olaf Hansky hat noch einen Bruder. Nach den Aussagen der hochkarätigen Adelsvertreterinnen hat sich dieser von der Familie losgesagt.«

»Das ist mir neu«, antwortete Meyers.

»Setzen Sie die Freiburger Kollegen auf diese Spur an, Herr Kommissar«, schlug Achtendorf vor.

»Sie interessiert wohl mehr diese Hansky. Sie möchten wissen, ob die reiche Witwe heimlich in ihrer Prachtvilla gesundheitliche Fortschritte gemacht hat und womöglich ohne Krücken an Blumenbeeten entlang schlendern kann?« fragte Meyers und lächelte Achtendorf an.

»Ähnliches soll es schon gegeben haben«, antwortete Achtendorf. Die Frisia näherte sich Norddeich. Sie bezahlten den Kaffee und betraten das Deck.

»Hier in Ostfriesland bewegen sich die Stimmungen wie die Kurse an der Wertpapier-Börse«, stellte Achtendorf beim Anblick der Küste fest.

»Sie meinen, trüben Tagen folgen strahlende, die in depressiven Stunden enden«, neckte Meyers.

Achtendorf nickte.

»Unser Reizklima«, lachte Meyers. Sie stiegen in den Wagen. Der Matrose signalisierte freie Fahrt. Meyers lenkte das Auto über die Mole. Im Fährhaus brannten bereis die Lichter. Fischkutter tanzten auf den forschen Wellen.

»Steht dort nicht mein Freund Lehnartz?« fragte Achtendorf überrascht.

Lehnartz trug eine kleine Reisetasche.

»Mein Chef hat zwei kleine Kinder. Er benötigt dringend Ablenkung. Seine Frau beurlaubte ihn für unseren Kulturausflug«, sagte Meyers und parkte den Wagen vor dem Hotel.

Lehnartz stieg zu ihnen ein.

»Hallo«, grüßte er und setzte sich auf die Rückbank. Während Meyers den Wagen über Norden und Georgsheil nach Emden steuerte, schwelgten die beiden Kriminalbeamten in gemeinsamen Erinnerungen an vergangene Jahre.

22

Die Vorstellung der Tournee-Truppe war restlos ausverkauft. Ein schrilles Läuten forderte die Gäste auf, Platz zu nehmen. Kriminalrat Lehnartz erstand ein Programmheft und folgte seinen Kollegen in die vorderen Ränge. Nach wenigen Minuten erloschen die Lichter.

Der Vorhang hob sich. Grelle Scheinwerfer rissen die

Kulissen aus dem Dunkel. Eine lebhafte Truppe und eine hervorragende Regie schufen, selbst für Laien erkennbar, lebendiges modernes Theater. Ein spannendes Stück! Es stimmte einfach alles!

Das Publikum sparte nicht mit Beifall, als sich der Vorhang nach der Darstellung senkte. Immer wieder klatschte es die Schauspieler auf die Bühne, die sich höflich verneigten.

»Weltklasse«, stellte Lehnartz fest, als sie im Strom der Besucher dem Ausgang entgegenschritten.

Über den Parkplatz strich ein kühler Wind, der zwischen Berufsschule und Nordseehalle ohne Hindernisse, direkt von der See kommend, einfiel.

»Trinken wir noch ein gutgezapftes Bier?« fragte Meyers.

»Nicht nur eins«, lachte Lehnartz.

Durch die Stadtanlage, über den Wall, waren es nur wenige Minuten in die Innenstadt. Die ›Loggerei‹, in der früher die Kapitäne der Heringsfänger verkehrt hatten, empfing sie mit Erinnerungsromantik.

Ein Ober in weiten Seemannshosen und Troyer führte sie an einen geschrubbten Holztisch. Sie setzten sich auf die historischen Heringsfässer, die die Stühle ersetzten. Die Wände zierten naiv gemalte Bilder längst vergessener Fangschiffe. Über dem Tresen spannten sich Fischernetze. Die Beamten bestellten Bier und Mattjes. Am Nachbartisch diskutierten Kaufleute über das Für und Wider des Dollart-Hafen-Projektes.

Der Ober brachte die Bestellung. Mit Heißhunger aßen sie die öligen, gutgewürzten Heringe und prosteten sich zu.

»Ein herrlicher Abend. Herr Achtendorf, Ihnen verdanken wir die Idee«, sagte Meyers begeistert.

»Dr. Zürmatt war echt Spitze. Im Sanatorium hatte ich einen ganz anderen Eindruck von ihm gewonnen«, meinte Achtendorf.

Lehnartz schwieg. Er schaute wie abwesend auf den blanken Holztisch, während der Ober das Geschirr abräumte.

»Er ist nicht nur ein begnadeter Regisseur, sondern auch ein hervorragender Schauspieler. Er verkörperte perfekt die Rolle des Ingenieur Dynamos«, stellte Meyers fest.

»Ich habe Kinder. Wenn mir diese Probleme als Vater auferlegt worden wären, ich weiß nicht, ob ich so kühl reagiert hätte«, erinnerte sich Achtendorf an Szenen der Aufführung.

»Dich hat die Theaterwelt wohl sehr beeindruckt. Sie ist aber nicht die Wirklichkeit!« warf Lehnartz ein und bestellte beim Ober eine Runde Bier.

»Der Mann versetzte sich perfekt in die Rolle eines Vaters«, schwärmte Achtendorf.

»Das trifft genau die Kernaufgabe eines guten Schauspielers«, sagte Meyers.

»Und unser Job! Müssen wir uns nicht auch in die Rolle des Täters versetzen und wie der leibhaftige Satan denken?« fragte Achtendorf.

Der Ober stellte die gefüllten Gläser auf den Tisch.

»Zum Wohle«, sagte er im Geschäftston. Lehnartz hielt ihm seinen Bierdeckel hin.

»Trinken wir auf den gelungenen Abend«, sagte er. Sie hoben die Gläser und prosteten sich zu. Dann fuhr er fort: »Ob es erforderlich wird, auch hier im vertrauten Kreis wie der Satan denken zu müssen, hängt davon ab, wie du die Rolle beurteilst, die Dr. Zürmatt im Sanatorium auf Norderney gespielt hat. Studier doch bitte einmal das Programmheft!« Er zog die kleine Schrift aus seiner Jackentasche und reichte sie seinen Kollegen, die sie imitiert lasen.

Verwirrt und betroffen stellte Achtendorf fest:

»Ach was, hiernach spielte ein Schauspieler mit Namen Hannes Reglow den Ingenieur Dynamos! Und Dr. Zürmatt ist ein ganz anderer.«

»Aber Reglow hat im Haus Theresenhöhe gekurt«, warf Meyers ein.

»Ja, das Foto des echten Regisseurs läßt keine Zweifel zu«, sagte Lehnartz. »Zürmatt ist ein ganz anderer.«

»Dann hat dieser Hannes Reglow unser Sanatoriumsdrama um eine kleine Gaunerkommödie bereichert?« fragte Meyers.

»Der Schauspieler reiste am Nachmittag an, Stunden später fanden wir Harry mit einem Messer in der Brust auf seinem Zimmer«, stellte Achtendorf fest.

»Vermuten Sie einen Zusammenhang?« fragte Meyers.

»Das ist schwer zu sagen. Auf jeden Fall können wir diese Hochstapelei eines gutdotierten Schauspielers nicht einfach außer acht lassen«, antwortete Lehnartz.

»Gründe für seine Kur gibt es sicher genügend. Jeden Abend zwei Stunden vor einem unbekannten Publikum topfit die Rolle abzuspulen, das wird Nerven kosten. Aber warum kurte er nicht als Hannes Reglow auf Norderney?« fragte Achtendorf.

Lehnartz hob sein Glas: »Prost, das Bier geht auf die Spesenrechnung, weil wir bereits den Freizeitbereich verlassen haben«, sagte er.

»Nun gerät dieser Hannes Reglow ebenfalls in den Verdacht, Harry Kühnast und Alice Wallmann umgebracht zu haben«, sagte Meyers.

»Vorausgesetzt, wir finden Motive und können ihm nachweisen, daß er im Besitz der Messer aus der Sammlung der Lady Woodyforth gewesen ist«, meinte Lehnartz.

»Eine seltsame Vorstellung anzunehmen, daß der Schauspieler, der hier Triumphe feiert, die Unterbrechung der Tournee dazu benutzt hat, um sich unter dem Namen seines Regisseurs in einem mittelklassigen Kurheim einzunisten und zwei Menschen ins Jenseits zu befördern«, stellte Achtendorf nachdenklich fest.

»Hannes Reglow schläft heute Abend in irgendeinem Hotel der Stadt. Wir könnten rausfinden, wo, und ihm dort einige Fragen stellen«, schlug Meyers vor.

»Wir wollen dem Schauspieler nicht unüberlegt die Freude über seine Glanzleistung trüben. Unser heutiges Beisammensein fassen wir lieber als einen kleinen Betriebsausflug auf«, sagte Lehnartz und winkte den Ober an den Tisch. »Füllen Sie die Gläser auf!« Jetzt vernahmen sie den Gesang eines Shanty-Chores, der mit kernigen Männerstimmen gemütsvolle Seeromantik aus den Stereoboxen zauberte.

Am Samstagmorgen verließen die Beamten Emden. In Norddeich verabschiedete sich Achtendorf von seinen Kollegen und betrat die Fähre. Der Kommissar wollte mit Lehnartz die Post durchsehen und im Revier Norden den bisherigen Stand der Untersuchungsarbeiten besprechen.

Als die Frisia III Norderney erreichte, entschied Achtendorf sich dafür, das Sanatorium zu Fuß aufzusuchen. Er hatte viel geraucht, und der Weg durch die frische Luft konnte seinem Kurerfolg nur zugute kommen.

Pünktlich zum Mittagessen erreichte er das Sanatorium. Zasimet trug bereits das Essen aus. Seine neuen Tischnachbarinnen empfingen ihn mit Neugier.

»Sie waren verreist, Herr Achtendorf?« fragte Frau von Erftal und spießte einen Rosenkohl auf die Gabel.

»Das sieht der Professor aber gar nicht gern!« sagte die Studiendirektorin vorwurfsvoll, während sie ihn strafend ansah und ein Häppchen von der Zunge in Madeira abschnitt.

»Meine Damen, ich habe Zeit und Geld für meine Bildung geopfert. Ich habe das Festland aufgesucht, um einer Theateraufführung beizuwohnen!« sagte er lächelnd.

»Oh, Herr Achtendorf, ich liebe das Theater! Hoffentlich wurden Sie nicht das Opfer dieser jungen Publikumsbeschimpfer«, sagte die Studiendirektorin gerührt.

»Ich sah ein handfestes Stück«, antwortete Achtendorf und bemühte sich, einen Bissen zwischen die Zähne zu bekommen.

»Herr Achtendorf, das nenne ich einen Zufall! Ich bin Germanistin und habe Dramaturgie studiert. Seien Sie so nett und nehmen Sie meine Einladung zu einem Kaffee an. Mich reizt es, Ihre Eindrücke kennenzulernen«, schlug die Lehrerin mit mädchenhafter Stimme vor. Ihre Augen strahlten vor Sympathie.

»Wenn diese Plauderei nicht meinen Kurplan durcheinander bringt, sehr gerne«, antwortete Achtendorf, bemüht, glaubhaft zu klingen.

»Ist Ihnen sechzehn Uhr im Cafe Marienhöhe recht?« fragte die Studiendirektorin. Achtendorf nickte. Alles wie gehabt, dachte er und fühlte die bösen Blicke der früheren Tischnachbarinnen in seinem Rücken.

23

Lehnartz betrat in Begleitung von Meyers das Dienstzimmer. Er fand Post vor. Noch im Mantel öffnete er den Umschlag und las überrascht den Bericht der Kollegen aus Freiburg.

Ein Dr. Rittersporn, Generaldirektor der Hansky GmbH & Co. KG., der seine fristlose Kündigung nur wenige Tage nach der Ermordung Kühnasts und Alice Wallmanns erhalten hatte, selbstverständlich mit der Zusage einer saftigen Abfindung, hatte, zermürbt vom Gefühl der Schmach und des Unrechtes, der Kriminalpolizei die Kopie eines Dokumentes einer Detektei zugestellt, die Licht in die kriminellen Machenschaften der Prostituierten Wallmann und des Testamentenjägers Kühnast brachte.

Für ihn und Meyers enthielt der Bericht der Kollegen wenig Neuigkeiten. Im Gegenteil, er brachte noch nicht einmal einen Hinweis auf das in Enghien les Bains entstehende AIDS-sichere Eroscenter.

Die Sensation lieferte allerdings der Termin der Auskunft. Bereits vor den Morden hatte der gestandene Manager die Verbindung Kühnast – Wallmann auffliegen lassen, die ihnen selbst erst später nach mühevollen Recherchen bekannt geworden war.

Lehnartz stellte sich ans Fenster und schaute nachdenklich in die Kronen der Bäume, die den Marktplatz umsäumten. Sie zeigten ihr erstes zartes Grün.

»Rache ist süß«, sagte er, »doch welches Pulverfaß sollte die von Dr. Rittersporn gelegte Lunte zur Explosion bringen? Beeinflußte dieser Mann die Verbrechen auf Norderney?«

Meyers hatte auf einem Stuhl Platz genommen, der neben dem Schreibtisch stand. Er steckte sich eine Zigarette an.

»Dr. Rittersporn scheint dem Handelsimperium keinen nachweisbaren Schaden zugefügt zu haben. Es waren möglicherweise keine Umsatzeinbußen und schwindsüchtige Bilanzen, die ihn den Direktorposten gekostet haben. Können intime Familieneinblicke ihm die Kündigung eingebracht haben?« stellte Meyers die Gegenfrage.

Lehnartz verharrte am Fenster. In sein Blickfeld fielen die bunten Marktstände, an denen Besucher friedlich vorbeiströmten.

»Wir stehen vor einem noch komplizierten Verwirrspiel. Diesen Dr. Rittersporn stelle ich mir als eine gestandene Persönlichkeit aus westdeutschen Managerkreisen vor. Er hielt die Zügel der Hansky GmbH und Co. KG. fest in den Händen, nachdem der Senior verunglückt war. Dann hat ihn die Hansky gefeuert. Er hatte vorgesorgt und rächte sich mit der Preisgabe seiner Recherchen über Alice Wallmann und Harry Kühnast.«

»Im Sanatorium kuren drei adelige Damen, deren Verbindung zu Harry Kühnast ebenfalls zunehmend denkbar wird. Die Mordwerkzeuge gehörten zur Erbmasse der Elisa von Trotterbach, die einerseits die Cousine der Gräfin von Akazienhain, andererseits die Geliebte des viel jüngeren Harry Kühnast war«, stellte Meyers fest. Er drückte die Zigarette aus und fuhr fort: »Diese Personen nehmen verdächtige Randpositionen ein, die wir nicht aus den Augen verlieren dürfen.«

»Frau Fortema kann ebenfalls mit Harry Kühnast gemeinsame Sache gemacht haben. Dann haben wir noch Olaf Hansky, der Kühnast haßte, und schließlich den Schauspieler Hannes Reglow, der sich hier auf Norderney als Regisseur Dr. Zürmatt ausgab und eine Kur antrat«, bemerkte Lehnartz. Er verließ den Fensterplatz. »Ich empfinde es als angenehm, daß das Haus am Samstag leer ist. Ich braue uns einen Kaffee.«

Lehnartz bediente die Kaffeemaschine.

»Achtendorf wohnt unter dem Dach der Frau Fortema, die gnädigen Frauen speisen in seiner Nachbarschaft. Olaf Hansky sitzt hinter Gittern. Der Schauspieler Hannes Reglow gastiert heute in Oldenburg. Kühnast und Wallmann liegen unter der Erde. An wen wollen wir uns wenden?« fragte er.

»Chef, wenn Sie mich so fragen, bleiben für mich nur zwei Personen im Spiel. Dabei handelt es sich – Ladies first – um Frau Hansky, Sofia Hansky, und um den gefeuerten Manager, der fast hellseherische Fähigkeiten besessen haben muß«, antwortete Meyers.

Lehnartz schwieg. Er setzte Tassen auf den kleinen Anstelltisch, entnahm dem Kühlschrank Milch, sorgte für Löffel und Zucker und goß die Tassen voll.

»Selbst unvorbereitet hätte ich genügend Fragen parat, diesen Dr. Rittersporn in die Nähe des Rouges seiner ›Mexiko-Beige-Kosmetik‹ zu bringen«, meinte er.

»Und wenn wir der Rollstuhlfahrerin die Vorfahrt ließen?« fragte Meyers ironisch.

»Dann gelangen wir zu einem komfortablen Bungalow. Unsere Augen würden entzückt sein vom Bunt der Frühlingsblumen, und ein Gärtner würde einen scharfen Wachhund zügeln müssen, während die gnädige Frau Hansky mit ihren Rechtsanwälten telefonieren würde. Nein, Meyers, Dr. Rittersporn, der gedemütigte

Manager, wird die Welt so wenig verstehen wie wir. Bemühen Sie sich um seine Adresse. Bereiten Sie unsere Reise vor! Ich denke, wir besuchen ihn am Montag«, sagte Lehnartz entschlossen.

»Soll ich ein Hotel in Freiburg oder in Badenweiler buchen?« fragte Meyers.

Lehnartz lächelte.

»Wir wollen keine Verbrüderung mit unseren Kollegen feiern. Unser Ziel ist die Wohnung des geprellten Managers des Handelsimperiums Hansky«, antwortete er.

24

Es war sechzehn Uhr, als sie den Intercity in Freiburg verließen und in einen Nahverkehrszug umstiegen. Das Wetter war gut. Wie die Seiten eines Reiseprospektes zog die Schwarzwaldlandschaft an den Fenstern des Zuges vorbei. Der kleine Bahnhof von Tannenau glich einem Modell auf einer Spielzeugeisenbahn.

Sie nahmen ein Taxi zum Traubenhof, dort hatten sie ein Zimmer bestellt. Das Hotel, ein rustikales Haus mit großer Rezeption und Boy, versprach ein angenehmes Wohnen.

Lehnartz telefonierte vom Tresen aus.

»Hier Dr. Rittersporn«, vernahm er durch den Hörer.

»Kriminalrat Lehnartz. Unser Amt hat den Besuch angekündigt«, sagte er in die Muschel.

»Sie blockieren unnötig meine Leitung, Herr Kriminalrat. Vermeiden wir es doch, umständlich zu werden.

In zehn Minuten holt Sie jemand ab, wenn Sie mir noch schnell sagen, von wo aus Sie anrufen«, sagte der Manager.

»Hotel Traubenhof«, antwortete Lehnartz und bekam keine Antwort mehr, denn sein Teilnehmer hatte bereits aufgelegt.

Der Boy begleitete sie zum Zimmer. Es war sauber und nicht ohne Luxus. Sie ordneten ihr Gepäck ein und begaben sich unmittelbar darauf wieder nach unten.

»Holt er uns ab?« fragte Meyers.

»Ich nehme an, sein Gärtner«, grinste Lehnartz.

Sie standen vor der Rezeption und warteten. Ein Mann in Gummistiefeln, Jeans und buntem Hemd erkundigte sich nach ihnen und führte sie grußlos zu dem geparkten Mercedes. Sie stiegen ein. Der Fahrer fuhr sie, ohne ein Wort zu verlieren, durch die malerischen Dorfstraßen zum Anwesen seines Chefs.

Dr. Rittersporn wohnte am Hang eines bewaldeten Hügels. Die weiße Villa blickte in das Tal hinab. Die Sonne ging nach einem schönen Frühlingstag hinter dem großen Belschen unter.

Ihr Chauffeur führte sie durch eine gepflegte Anlage. Blumen blühten in Beeten. Der Strahl eines Springbrunnens fiel plätschernd auf weiße Kieselsteine. Sie schritten einer mit Ornamenten geschmückten Haustür entgegen, die sich kurz vor ihnen öffnete. Ein Mann erschien. Er verkörperte eine Mischung aus einem Politiker und einem Dirigenten. In seiner Hand hielt er einen mit Silber beschlagenen Gehstock.

»Sie wollen zur mir. Gut! Ich beginne langsam den Besuch von Kriminalbeamten zu schätzen«, sagte er mürrisch und ging den Beamten voraus.

Der Weg in sein Büro war kurz. Der Raum war eine

Kombination von kühler Sachlichkeit und ausgewählter Kunst.

Dr. Rittersporn hinkte nicht, benutzte dennoch den silbernen Gehstock als Stützhilfe. Er wies auf die Ledersessel, die einen Glastisch umstanden. Ihr Chauffeur wartete im Türrahmen.

»Was darf ich den Herren anbieten?« fragte der Manager, der im süddeutschen Trachtenanzug vor ihnen stand.

»Kaffee wäre uns recht. Wir haben eine weite Reise hinter uns«, antwortete Lehnartz. Rittersporns Angestellter entfernte sich.

Der circa sechzigjährige Manager nahm lächelnd in einem Sessel Platz.

»Herr Lehnartz und Herr Meyer, schön, daß Sie der Spur gefolgt sind. Irgendwie und irgendwann kann man als angesehener Staatsbürger nicht mehr tatenlos zusehen. Da hilft nur eins, zu reden, und das habe ich getan, nachdem man mir die Verantwortung über ein sich ständig expandierendes Wirtschaftsunternehmen genommen hat, ohne Dank, obwohl sich gerade jetzt die Investitionen in mein ›Mexiko-Beige-Projekt‹ auf dem amerikanischen Markt vielfach auszuwirken beginnen und unsere Kosmetikserie selbst Frankreich erobert. Ich muß sagen, der Flirt mit der Kriminalpolizei gefällt mir immer mehr«, sagte Dr. Rittersporn und grinste hinterhältig.

»Soweit wir orientiert sind, begann dieser schon etwas früher«, antwortete Lehnartz und lächelte freundlich zurück.

»Das kann ich nicht bestätigen. Es handelte sich mehr um eine Kontaktsuche! Doch da Ihre Recherchen mit den meinigen paralell zu laufen scheinen, gestatten

Sie mir einige Fragen. Ich suchte zwar den Kontakt, doch weshalb reisen Sie extra aus Ostfriesland an, und suchen mich, einen im Ruhestand lebenden ehemaligen Direktor, auf? Lassen Sie mich noch hinzufügen, daß hier, wo Sie sitzen, mich einst Redakteure des Spiegels besucht haben. Damals stieg ich mit Dentaklar in einen völlig übersättigten Markt ein und wurde Umsatzsieger!«

»Herr Dr. Rittersporn, von wirtschaftlichen Dingen verstehen wir zu wenig, ohne Ihre unternehmerischen Leistungen schmälern zu wollen. Was uns zu Ihnen führt, mag allenfalls intuitiven Ursprung haben«, sagte Lehnartz.

»Kreativität in der Produktion, Intuition beim Blick auf Märkte, das war stets meine Devise. Herstellen können wir alles, aber die Erzeugnisse an den Mann zu bringen, das ist die Kunst des 20. Jahrhunderts«, antwortete Dr. Rittersporn stolz.

»Herr Dr. Rittersporn, Sie ließen der Kripo in Freiburg einen Bericht der Detektei Interlux zukommen, der uns als ermittelnde Beamte äußerst überrascht hat. Es sind weder die observierten Personen noch die Ergebnisse der Recherchen, sondern es ist das Datum Ihres Auftrages, das uns stutzig macht. Nicht lange danach erlagen sowohl Herr Kühnast als auch Frau Wallmann den Anschlägen eines feigen Mörders«, sagte Lehnartz.

In das faltige Gesicht des Mannes zog ein hochnäsiges Lächeln.

»Meine Herren, der geschulte Blick für Zahlen und Zusammenhänge entfachte in mir ein Mißtrauen. Solange die Eignerin unserer Firma in Kurorten und Heilbädern Zerstreuung suchte, gelang es mir mit meiner Strategie, ihren Reichtum zu mehren! Als Frau Hansky aber plötzlich Kapital abzog, das in dunkle Kanäle zu versickern drohte, klingelte es bei mir Alarm! Als verantwortlicher Direktor eines Konzerns mit Weltgeltung konnte ich nicht zustimmen, da die Eignerin beispielsweise in den Immobilienmarkt einsteigen wollte.«

Der Angestellte servierte gekonnt, aber immer noch schweigend, den Kaffee. Er hatte sich nicht umgezogen, und seine Gummistiefel wirkten im luxuriösen Büro unpassend.

»Herr Dr. Rittersporn, Sie haben die Beteiligung der Frau Hansky an der Vermögensberaterfirma Kühnast nicht unterbinden können«, stellte Meyers fest.

Dr. Rittersporn nippte am Kaffee. Er gab sich ganz wie ein großer Adeliger, der proletarischen Besuch duldete und sich bemühte, ein lockeres Gespräch zu führen.

»Meine Herren, ich muß Sie mit wenigen Worten in die Vorgeschichte unserer Firma einführen. Mein Freund, Gunter Hansky, besaß das Kapital und ich die Ideen! Unsere Erfolge gestatteten ihm ein Playboyleben im begrenzten Rahmen, und sein Reichtum brach die Vorbehalte jeder jungen hübschen Frau, wenn er zur Sache kommen wollte. Schließlich war es eine Stewardess, die es verstanden hat, ihn an sich zu binden. Zwei Kinder bestätigten die guten Absichten beider. Leider verunglückte Gunter tödlich, und ich steuerte die Firma danach in eigener Regie und verschaffte ihr Weltgeltung. Und nun, nach weiteren erfolgreichen Expansionen, griff die hübsche Fratze in das bewährte Management ein, ohne jegliche Kenntnisse, verliebt in einen Schickimicki-Typen aus der Unterwelt«, sagte er bitter.

Die Beamten tranken Kaffee. Sie hatten die Anspielung auf Harry Kühnast verstanden. Dr. Rittersporn bot ihnen teure Juganoff-Zigarren an, die sie höflich ablehnten. Daraufhin öffnete er eine Box mit Zigaretten. Diesmal griffen die beiden Polizisten zu.

»Herr Dr. Rittersporn, wie wir annehmen müssen, begann Harry Kühnast, Einfluß auf Ihre Firma zu nehmen! Frau Hansky schickte den bewährten Lotsen von Bord. Einfacher ausgedrückt: sie feuerte Sie«, stellte Lehnartz fest.

Der Manager zog an seiner Wohlstandszigarre. Er hielt sie von sich und schaute den grauen Rauchwölkchen nach. »Sie folgern richtig«, antwortete er.

»Frau Hansky hat es verstanden, ihren Ruf als superreiche Witwe nicht durch Illustrierten-Klatsch besudeln zu lassen. Harry Kühnast besaß das Aussehen eines Mannes der Film- und Fernsehbranche, ohne daß er im Mittelpunkt des öffentlichen Interesses stand. Sohn Olaf Hansky, wohl mehr ein entartetes Söhnchen, begleitete Frau Hansky als vorgeschobener Anstandswauwau! Doch der Junior legte ererbten Unternehmergeist falsch aus und bediente sich in einem Juweliergeschäft als Räuber«, stellte Meyers fest.

Dr. Rittersporn griff zur Kaffeekanne und schenkte die Tassen voll. Es war eine Geste, mit der er den Kriminalbeamten seine Verbundenheit zeigen wollte.

»Es kränkte mich, mein Lebenswerk so bedroht zu sehen, keinen geeigneten Nachfolger zu wissen, der für die Gradlinigkeit einer bewährten Handelstradition garantierte. Ich habe keinen Sohn, und meine Tochter studiert Medizin!« stöhnte Dr. Rittersporn auf.

»Welche Konsequenzen zogen Sie aus diesem Dilemma?« fragte Lehnartz.

Der Manager beugte sich vor. Er schaute die Beamten an, als mischten sie sich in Dinge, die doch nur ihn etwas angingen.

»Mir schwebte vor, die Firma in eine Aktiengesellschaft umzuwandeln. Dabei sollten mir fünfundzwanzig Prozent des Kapitals zustehen und die Familie den Rest der Anteile erhalten«, sagte er.

»Und diese Lösung behagte der Eignerin nicht! Sie entließ Sie und behielt damit ihre hundert Prozent«, folgerte Meyers.

Dr. Rittersporn lächelte ironisch.

»Meine Abfindung wird entsprechend hoch ausfallen. Aber für die Stewardess, die weder Bilanzen lesen kann noch den Einblick in die Märkte besitzt, bedeutet dieses Unterfangen einen Blindflug. Sie hat Gunter schnell vergessen und ist auf einen Mann hereingefallen, der auf Sankt Pauli seine Karriere begann und alte Weiber in den Tod vögelte«, empörte sich der Manager gehässig.

»Aber, Herr Dr. Rittersporn, Frau Hansky ist doch nicht alleine auf der Welt. Olaf sitzt hinter Gittern. Seine Qualitäten kenne ich nicht. Aber die hohe Chefin besitzt einen zweiten Sohn. Er müßte um die Dreißig sein. Kann man ihm nicht die Leitung der Firma anvertrauen?« fragte Lehnartz.

Dr. Rittersporn blickte die Beamten traurig an. So, als müßte er ihnen einen Schandfleck in der Geschichte des Handelsimperiums plausibel machen. »Holger Hansky hat sich sehr früh abgesetzt! Er kannte nur ein Ziel! Er wollte weg von Zuhause! Geld hat ihn nie interessiert! Nach mannigfachen Streitigkeiten ist er auf und davon.«

»Und was ist aus ihm geworden?« fragte Meyers.

Dr. Rittersporn zuckte die Achseln. »Ich weiß es nicht. Sein Name erschien weder in der Sendung XY-Ungelöst noch auf den Wahlplakaten der Grünen.«

»Aber, Herr Rittersporn, Ihre Strategie sah doch auch für ihn eine 25-prozentige Mitbeteiligung vor! Sie benötigten doch sein Einverständnis!« sagte Lehnartz fest.

Der Manager blickte verunsichert um sich.

»Meine Kontakte zu Holger Hansky waren seit vielen Jahren unterbrochen. Olaf konnte für ihn mitentscheiden«, antwortete er.

»Kühnast ist tot. Sohn Olaf disqualifizierte sich mit einem Einbruch. Holger Hansky gilt als verschollen! Wie soll es weitergehen mit dem Wachstum des Hauses Hansky?« fragte Meyers.

Dr. Rittersporn reckte sich, ergriff seine Silberkrücke und hielt sie gegen das Abendlicht, das durch die Scheiben fiel.

»Diese Frage stellen Sie besser der ungekrönten Königin eines ertragreichen Konzerns. Ich bin Rentner und widme mich jetzt meinen Hobbys«, antwortete der Manager.

»Das sagten Sie bereits. Sie beginnen sich für kriminalistische Geschehen zu interessieren«, sagte Lehnartz ironisch.

»Haben Sie einen Tip für uns?« fragte Meyers.

»Ich sah übrigens Frau Hansky in Badenweiler! Niemand mußte sie schieben! Nur mit einem Gehstock bewehrt, betrat sie ein Café«, antwortete Dr. Rittersporn arrogant.

Lehnartz erhob sich.

»Herr Dr. Rittersporn, wir bedanken uns für den freundlichen Empfang«, sagte er.

Als hätte er darauf gewartet, betrat in diesem Augenblick ihr seltsamer Chauffeur das Zimmer.

»Es ist nett von Ihnen, daß Sie uns zum Hotel bringen lassen«, sagte Meyers und folgte dem Fahrer, der sie stumm zum Mercedes führte. Auch während der Fahrt zum Traubenhof blieb er schweigsam. Als die Beamten ausstiegen, sagte Lehnartz:

»Genießen wir den Abend im ersten Hause am Platze. Morgenfrüh suchen wir die Stewardess auf, die nach Rittersporns Meinung im Begriff ist, einen Blindflug zu starten.

Badenweiler, umrahmt von hügeligen Wäldern und Weinbergen, lag im Schein der Frühlingssonne. Die Prachtvilla der Unternehmerin Sofia Hansky schmiegte sich an den Rand eines Talkessels. Ein asphaltierter Weg führte zu einem mächtigen Eisentor, vor dem das Taxi hielt.

»Warten Sie hier auf uns«, sagte Lehnartz zu dem Taxifahrer.

Abgerichtete Hunde stürmten ihnen entgegen und schlugen ihre Pranken gegen die Eisenstäbe. Ein Mann, er mochte um die Vierzig sein, näherte sich mit finsterem Gesicht. Er trug die übliche Jeans und ein verschmutztes T-Shirt. Seine Arme zeigten maritime Tätowierungen.

»Schon wieder ein Gärtner-Typ«, stöhnte Meyers.

»Sie wollen die gnädige Frau sprechen?« fragte der kräftige Wärter.

»Melden Sie uns an, Kripo Norden-Norderney«, sagte Lehnartz.

Der Blick des Mannes wurde starr. Dann trat er an

den Torpfeiler und sprach in das dort installierte Rufgerät. Die Beamten warteten geduldig, sahen zu, wie der Mann die schwerfälligen irischen Setter zu einem Käfig führte und danach lässig zurückkam. Er öffnete das Tor und wies auf die Haustür, die etwa 200 Meter entfernt vor ihnen lag. Die beiden Polizisten marschierten los.

Ein Dienstmädchen erschien und strahlte sie an. Es machte einen Knicks und hielt ihnen die Haustür offen. Sie vernahmen das Geräusch einer forsch aufgestoßenen Krücke. Dann stand Frau Sofia Hansky vor ihnen. Ihr Gesicht wirkte kalt und abstoßend. Ihr erzwungenes Lächeln kam nicht an.

»Meine Herren, ich bin es nicht gewohnt, meine Türglocke dem Zufall zu überlassen. Als verantwortliche Inhaberin eines nicht unbedeutenden Unternehmens werde ich bereits Wochen im voraus um einen Termin gebeten«, sagte sie streng.

Lehnartz trat einen Schritt vor. »Gnädige Frau, wir hätten uns die weite Reise sparen können, doch zur Zeit Ihres Kuraufenthaltes besaßen wir noch zu wenig Informationen.«

Frau Hanskys rechter Arm strammte sich in der Halterung ihrer Krücke, während sie sich mit ihrer linken Hand durch das struppige Haar fuhr. Trotz ihrer offensichtlichen Abneigung wirkte sie charmant.

»Folgen Sie mir in mein Besucherzimmer.Meine Zeit ist knapp bemessen. In einer halben Stunde holt mich mein Fahrer ab«, sagte sie und hinkte ihnen voraus. Eine enganliegende Hose unterstrich ihre gute Figur.

Der lange Flur schien kein Ende zu nehmen und das Haus in zwei Hälften zu teilen. Türen unterbrachen beidseitig die Aneinanderreihung teuer erstandener Kunst und stillos hinter Glas aufgezogener Fotoerinnerungen. Lehnartz schaute sich neugierig um, verharrte hin und wieder unruhig für Sekunden vor einem Bild, während die Hansky ihre Krücke im Takt ihrer Schritte schlug.

Erst als ein Glasfenster den Blick über Sträucher in das Tal freigab, öffnete sie eine Tür und wies die Besucher in ein Zimmer.

Vor einer breiten Glaswand standen Sessel um einen runden Tisch. Eine Wand des Zimmers war mit Holz getäfelt, während ein Kamin die gegenüberliegende Zimmerecke ausfüllte.

Frau Hansky zog die Tür hinter sich zu, wies auf die Sessel und nahm selbst Platz. Ihre Haltung blieb abweisend, ihr Blick starr und eiskalt, als sie fragte: »Darf ich erfahren, was Sie an meiner Person und meiner Art zu leben so neugierig macht?«

Meyers lächelte höflich. »Gnädige Frau, nicht Sie waren der Grund, warum wir Norderney verließen. Wir hatten in Ihrer Nachbarschaft zu tun.«

Ihre Haltung entspannte sich ein wenig.

»Unser Gepäck enthält mehr Fragezeichen als Wäsche. Der von Ihnen gefeuerte Manager, Dr. Rittersporn, Frau Hansky, wies Perspektiven auf, die die Neugierde eines jeden Kriminalbeamten reizen müssen«, sagte Lehnartz.

Sofia Hansky stierte den Kriminalrat an.

»Sie sprechen in Rätseln«, sagte sie.

»Gnädige Frau, uns irritiert einerseits seine Firmentreue und andererseits seine Feindschaft Ihnen gegenüber. Außerdem verwirrte uns ein Auftrag an eine Detektei, deren Bericht Harry Kühnast und auch Alice Wallmann in einem sehr schlechten Licht erscheinen lassen. Das Gutachten entlarvte, so darf ich wohl sagen, deren gemeinsame Machenschaften, die eindeutig gegen die guten Sitten verstoßen haben. Außerdem läßt das Datum der Auskunft den Schluß zu, daß Kühnast und Frau Wallmann zu diesem Zeitpunkt gerade Norderney und den Kurrummel mit Wonne genossen haben«, sagte Meyers.

Frau Hansky rang nach Worten. Sie blickte mit verkniffenen Augen auf die Sträucher im Obstgarten. Schließlich sagte sie: »Hat dieser Nestbeschmutzer Ihnen auch mitgeteilt, daß er mich schon zu Lebzeiten meines Mannes in sein Bett ziehen wollte? Daß er glaubte, die Verkrüppelung meiner Beine böten ihm die Chance, mich und mein Vermögen zu heiraten? Hat er Ihnen verschwiegen, daß ich die Besserung meiner Bewegungsfähigkeit nur Harry Kühnast verdanke?« zischte sie giftig.

»Das hat er! Aber daß es um Vermögensanteile ging, die Kühnast sich unter den Nagel reißen wollte, hat er mit dem Dokument der Detektei zu belegen gewußt«, antwortete Lehnartz.

»Seine Absichten waren auch nicht besser!« stieß sie aus. Dabei blickte sie böse um sich und setzte ihre Krücke wütend auf dem Teppich auf.

»Dr. Rittersporn befand sich allerdings nicht auf Norderney! Ihn zu verdächtigen, ist purer Unsinn«, sagte Lehnartz.

»Muß ich mir das eigentlich alles anhören?« fragte sie mit zusammengepreßten Lippen.

»Sie sollten in der Tat noch zuhören, weil ich Ihnen korrekterweise mitteilen muß, daß Dr. Rittersporn vorgibt, auch an die Rechte Ihrer Söhne gedacht zu haben«, sagte Lehnartz.

Meyers beobachtete, wie die Hände der Frau Hansky

leicht zu zittern begannen und sie mit ihrer rechten Hand die Krücke nervös hin und herbewegte.

»Hat er mir vorgeworfen, daß ich die Schuld daran trage, daß Olaf kriminell geworden ist?« fragte sie kämpferisch mit vorgeneigtem Oberkörper.

»Nein, wir erfuhren von ihm, daß Sie noch einen zweiten Sohn haben«, konterte Meyers.

Frau Hansky erhob sich. So, als schickte sie einen Hund vor die Tür, sagte sie barsch: »Ich glaube, das reicht! Sollten Sie erneut das Bedürfnis verspüren, meinen Frieden zu stören, dann wenden Sie sich an meine Firma und bitten dort um einen Besuchstermin!« Sie begab sich zur Tür, öffnete sie und ließ die Beamten grußlos ziehen.

»Eine recht seltsame Art, nette Besucher zu empfangen«, stellte Meyers fest, als sie an dem tätowierten Mann vorbeischritten, der vor dem Hundekäfig stand. Die Tiere kläfften, als hätte der Satan persönlich die Prachtvilla besucht. Sie stiegen in das wartende Taxi und fuhren los.

Das Taxi fuhr sie zum Bahnhof von Badenweiler. Mit einem Anschlußzug gelangten sie nach Freiburg. Dort stiegen sie um in den Intercity Senator. Sie verschanzten sich hinter Zeitungen, und nur hin und wieder fanden sie zu einem Gespräch. Zur Teezeit verließen sie ihr Abteil, um den Speisewagen aufzusuchen. Die Sonne schien und machte den Rhein mit seinen Burgen und Weinbergen zu einer heiteren Kulisse.

»Heute sind es die Prachtvillen und nicht mehr die Burgen und Schlösser, in die sich die Reichen zurückziehen, um sich von den Machtkämpfen um Umsätze und Marktanteile zu erholen«, sagte Meyers nicht ohne Ironie. Er dachte an ihren Besuch bei der Hansky und Dr. Rittersporn.

»Wir sind da in einen ernsthaften Streit zwischen Kapitalbesitz und Management im Hause Hansky geraten«, sagte Lehnartz.

Beim Ober bestellten sie Kaffee und Kuchen.

»Dr. Rittersporn hat sich ernsthaft bemüht, uns die Herrin des Handelsimperiums in die Arme zu treiben«, stellte Meyers fest.

»Und die gnädige Frau versuchte, etwas vor uns zu verbergen«, antwortete Lehnartz.

»Diese Frau ist zäh wie Leder! Sie fühlte sich sicher genug, uns abblitzen zu lassen! Es war stillos, wie sie uns herausgeworfen hat«, meinte Meyers.

Der Ober brachte den Kaffee und den in Plastik verschweißten Trockenkuchen. Sie hatten großen Hunger, aßen den Kuchen und genossen die Romantik der Rheinlandschaft.

Bald wird sich das Panorama ändern, wenn der Intercity an Industrieschloten und Wohnsilos vorbeisaust, dachte Meyers und steckte sich eine Zigarette an.

»Olaf Hansky trat bereits als Straftäter in Erscheinung«, meinte Lehnartz. »Sollte auch ihr Sohn Holger sich auf ähnliche Weise ins Abseits manövriert haben?«

»Die Freiburger Kollegen könnten für uns dieser Frage nachgehen«, antwortete Meyers.

Als sie den Speisewagen verließen, näherte sich der Zug bereits Köln. Bis Münster suchten sie hin und wieder das Gespräch, tauschten ihre Gedanken aus, ohne sich um ein endgültiges Fazit ihrer Reise zu bemühen.

In Münster hatten sie einen kurzen Aufenthalt. Er reichte aus, um eine Wurst zu essen und in der hervor ragend sortierten Bahnhofsbuchhandlung ein wenig Kurzweil zu finden. Danach stiegen sie in den D-Zug München-Norddeich-Mole um.

Es war alles andere als eine Erholungsreise. Während der Zug in der Dunkelheit über Lingen, Meppen, Papenburg, Leer und Emden Norden entgegendrosch, unterbrachen sie häufig ihre privaten Gespräche über Belangloses, um aus ihrer Reise Konsequenzen für ihre weitere Arbeit zu ziehen. Besonders auffällig fanden sie die plumpe Art Dr. Rittersporns, in der er fast kollegial angedeutet hatte, sich neuerdings dem Kriminalgeschäft zu widmen.

Kriminalrat Lehnartz verließ in Norden den Zug. Er kündigte Meyers seinen Besuch für den nächsten Tag an.

Meyers blieb im Abteil, denn er konnte von Norddeich-Mole noch die Spätfähre nach Norderney erreichen.

25

Lehnartz hing seinen Mantel auf einen Bügel. Meyers rückte sich einen Stuhl zurecht und begann, die Akten für ihre Besprechung auszubreiten. Lehnartz zog eine Zeitung aus seiner Tasche.

»Lesen Sie mal die Theaterkritik im ›Ostfriesen-Kurier‹«, sagte er und setzte sich auf den Stuhl. Meyers las den Artikel.

»Das Lob trifft diesen Hannes Reglow zu recht. Der Typ war echt Spitze!« Er gab Lehnartz die Zeitung zurück und fuhr fort: »Der Teufel mag wissen, was diesen Super-Mimen dazu bewogen haben kann, in der Rolle seines Regisseurs hier auf Norderney zu kuren!«

»Während der Überfahrt kam mir eine Schnapsidee«, sagte Lehnartz und strich sich mit beiden Händen über den Kopf, als hätte er Schmerzen, die er vertreiben wollte. »Ich spielte mit den Buchstaben des gefeierten Bühnenhelden.«

Meyers schaute ihn neugierig an. »Sie meinen, es ist ein Anagramm?« Er überlegte kurz und meinte dann verblüfft: »In der Tat, die Ähnlichkeit der Namen ist verblüffend, wenn man sie erst einmal entdeckt hat. ›Hannes‹ könnte dem Wort Hansky entnommen sein, und wenn Sie ›Reglow‹ rückwärts lesen, dann ergibt das fast den Namen Holger. Hansky könnte sich auf diese Art ein Pseudonym zugelegt haben.«

»Da gebe ich Ihnen recht. Machen wir uns diese Leseart doch einmal zunutze. Der angebliche Dr. Zürmatt, der, wie wir jetzt wissen, Hannes Reglow war, erschien am Nachmittag im Sanatorium. Wenige Stunden später geschah der Mord an Harry Kühnast. Während wir mit Achtendorf und Kluin die ersten Verhöre durchführten, trat er mit einem Alibi auf den Lippen fernab von jeder Verdächtigung auf. Er suchte sein Zimmer auf, um sich der Gemeinschaft zu entziehen. Im Sanatorium wohnte auch sein jüngerer Bruder Olaf, der Kühnast nicht ausstehen konnte. Die in den Vermögensberater verliebte Mutter befand sich ebenfalls unter dem gleichen Dach. Wir können ein Komplott der mutmaßlichen Brüder nicht ausschließen, die ihre Rechte an der Firma Hansky durch den kecken Zugriff des Schwindlers Harry Kühnast in Gefahr sahen«, resumierte Lehnartz.

»Dr. Rittersporn, der ebenfalls gierig auf den Konzern schielte, muß wohl die Lunte gelegt haben! Kopien der Dokumente der Detektei, den Söhnen des verstorbenen Firmengründers heimlich zugesteckt, könnten auslösende Momente gewesen sein«, stellte Meyers sachlich fest.

»Es sind vorerst reine Vermutungen, wir werden weiter sehen!« sagte Lehnartz.

Meyers setzte sich an den Schreibtisch. Er nahm den Deckel der Schreibmaschine ab, spannte eine Seite ein und sagte:

»Chef, die Wahrheit wird nicht lange auf sich warten lassen! Bringen wir den bürokratischen Teil unseres Ausflugs hinter uns.«

Lehnartz, der Vorgesetzte, half Meyers die Protokollseiten zu füllen. Es war bereits elf Uhr dreißig, als Meyers die Schreibmaschine abstellte und Lehnartz die Aktenseiten unterschrieb. Ein Polizeibeamter erschien in der Tür.

»Die Post«, sagte er und reichte dem Kommissar eine Versandtasche. Meyers betrachtete unschlüssig den DIN A4 großen Umschlag. Er blickte auf die Anschrift:

»Kriminalpolizei Norderney«, las er.

Er suchte nach dem Absender.

»Hier steht PKR, und der Poststempel trägt den Namen der Stadt Lörrach!«

Er löste die verklebte Lasche und zog ein in Leinen gebundenes Büchlein hervor. Für Sekunden blickte er ungläubig auf die Sendung und reichte sie schließlich Lehnartz weiter.

»Lösen Sie das Rätsel für mich, Chef«, sagte er.

»Es handelt sich um ein Album«, antwortete Lehnartz ebenfalls überrascht, dabei begann er, die Seiten umzublättern.

»Ein Fotoalbum!« fuhr er fort.

Meyers trat zu ihm. Lehnartz schlug eine Seite auf.

»Das sind doch Harry und die Hansky«, sagte Lehnartz.

»Das ist seltsam. Da teilt uns jemand mit, daß Harry Kühnast und Sofia Hansky ein Verhältnis miteinander unterhielten«, sagte Meyers.

Lehnartz begann mit dem Studium der Bilder auf der ersten Seite. Sie gingen Foto für Foto durch. Immer wieder die gleiche Aussage. Das Pärchen, ineinander verschlungen, mal Händchen haltend, dann verliebt Auge in Auge blickend. Es gab keine anstößigen oder intime Szenen. Doch plötzlich stutzte Lehnartz.

»Ich benötige eine Lupe«, sagte er aufgeregt.

Meyers ging zum Schreibtisch und besorgte ein Vergrößerungsglas. Lehnartz nahm es und richtete es auf das Foto.

»Das ist die Höhe!« stieß der Kriminalrat aus. Er zupfte Meyers in Position, hielt die Lupe und fragte: »Meyers, was sehen Sie?«

»Sofia Hansky liegt glücklich in Harrys Armen! Das Zimmer ist luxuriös ausgestattet! Ach nein, da, an der Wand, das sind die Messer! Ein wirklich origineller Platz für englische Antiquitäten«, kommentierte Meyers nervös.

Lehnartz legte die Lupe ab.

»Meyers, das schickt uns jemand, dem daran liegt, daß die Morde aufgeklärt werden. Und er will anonym bleiben, denn unter PKR können wir uns keine bekannte Person vorstellen.«

»Der oder die Unbekannte hilft uns, einige Fragen zu beantworten. Die Mordwaffen befanden sich im Familienbesitz der Sofia Hansky. Sowohl sie als auch die

Söhne Olaf und Holger können sie jederzeit vom Haken genommen haben«, stellte Meyers fest.

»Wobei Sie den Schauspieler Hannes Reglow der Familie bereits als Sohn Holger zuordnen«, meinte Lehnartz.

»So ist es. Das kann ich überprüfen lassen. Ich werde auch das Fotoalbum nach Fingerabdrücken untersuchen lassen«, schlug Meyers vor.

»Es wird vergebens sein, aber aus Lörrach kamen die beiden hübschen Mädchen von der Post«, antwortete Lehnartz.

»Und Zürmatt hatte schnell das Herz der Erika Hobala erobert«, erinnerte sich Meyers.

»Rufen Sie Achtendorf an! Bestellen Sie ihm, daß wir uns um vierzehn Uhr im Kurcafé treffen wollen. Wir nähern uns der Endrunde. Lassen Sie sich bestätigen, daß der ›Rote Karren‹ heute Abend im Wilhelmshavener Stadttheater gastiert«, ordnete Lehnartz an.

Der Kriminalrat stand auf, nahm den Hörer des Telefons in die Hand und wählte die Nummer des Staatsanwaltes.

26

Achtendorf betrat das Café und begrüßte aufgeräumt die Kollegen Lehnartz und Meyers. Er trug eine Plastiktüte mit der Aufschrift ›Insel-Mützen‹ wie ein Heiligtum unter dem Arm. »Herr Kriminalrat, nehmen Sie Platz! Sie sehen blendend aus. Die Kur zeigt die ersten Wirkungen«, frotzelte Meyers. Lehnartz grinste.

»Willy, Professor Juskow soll dir die Stunden gutschreiben, die wir dir unkollegial vermiesen.«

»Das hier erscheint mir wichtiger«, sagte Achtendorf und hielt Lehnartz die Plastiktüte hin.

»Was soll das?« fragte Lehnartz überrascht.

»Der Beweis!« sagte Achtendorf voller Stolz. Lehnartz ergriff die Tüte, schaute hinein und zog angewidert ein verschlungenes Haargewirr heraus.

»Die Perücke!« sagte Achtendorf. Lehnartz glättete über seiner Faust das ondolierte Frauenhaar, das in schwungvollen Wellen lang auslief. Meyers starrte auf die Perücke.

»Herr Kriminalrat, wem gehört der Skalp?« fragte er.

»Es ist verrückt. Gräfin von Akazienhain fühlte sich unbeobachtet und benahm sich recht verdächtig. Sie ließ im Fernsehzimmer das Gerät laufen, täuschte ihre Anwesenheit vor und schlich sich an den Müllcontainer. Ich hielt mich in der Küche auf, um ein Bier aus dem Kühlschrank zu holen und beobachtete sie. Und nun wissen wir es! Sie ist die Täterin. Sie trug die Perücke, als sie Harrys Zimmer verließ«, sagte Achtendorf stolz und wunderte sich, daß die Kollegen ihn betreten anschauten. Lehnartz bestellte Ostfriesentee.

Meyers wandte sich schonend an Achtendorf. »Seien Sie nicht böse, Herr Kollege, aber ich fürchte, Sie sind ein Opfer der Eitelkeit der Gräfin geworden. Dennoch würden wir gerne auf Ihre berufliche Erfahrung und Weitsicht zurückgreifen.«

»Wir haben etwas Besseres. Frau Hansky und ihre Söhne hatten Zugang zu den Messern«, sagte Lehnartz.

Die Bedienung servierte den Tee stilecht mit Kluntjes, Sahne und Stövchen. Achtendorf blickte auf die Flamme des Teelichtes.

»Olaf Hansky ist also in den Verdacht geraten, der mutmaßliche Mörder Harry Kühnasts zu sein. Aber wer brachte Alice Wallmann um?« fragte er.

»Hannes Reglow, der Schauspieler, trat als Dr. Zürmatt mit Intellektuellen-Brille, Schlapphut und Bart im Sanatorium auf. Er kann sich nicht auf die unwahrscheinlich hohe Zahl der Zufälle berufen. Seine Kur absolvierte er nicht nur als einfacher Hochstapler«, bemerkte Lehnartz.

»Wir nehmen an, daß Dr. Rittersporn, die Seele der Hansky-Betriebe, Kopien des Berichtes der Auskunftei, den wir auch Ihnen zukommen ließen, den Söhnen der Sofia Hansky geschickt hat«, erklärte Meyers.

»Ich habe Nachforschungen angestellt und erfahren, daß Hannes Reglow tatsächlich Holger Hansky ist. Daraufhin habe ich mit dem Staatsanwalt telefoniert und einen Haftbefehl ausstellen lassen. Wir haben die Absicht, ihn zu besuchen und zu erfahren, worin seine eigentliche Absicht bestanden hat, als er Kurgast des Sanatoriums Theresenhöhe wurde«, informierte Lehnartz seinen Freund.

Achtendorf spielte verlegen mit der Teetasse, die das Muster der ostfriesischen Rose trug.

»Damit ist mein Trumpf hinfällig«, sagte er nachdenklich.

»Willy, die adeligen Damen haben dich mehr als genug genervt! Ich hätte dir den kleinen Triumph gerne gegönnt«, sagte Lehnartz mitfühlend.

Achtendorf griff in seine Tasche und zog lächelnd einen Lippenstift hervor. Er schraubte den Verschluß ab.

»Die gleiche Farbe wie auf Harrys Bauch«, sagte er.

»Und er gehört der Gräfin?« fragte Meyers.

»Mit vielen Tricks gelang es mir, ihr Zimmer zu betreten. Ich nahm ihn an mich. Mir fiel auf, daß die Gräfin seit Harrys Tod für ihre Lippen ein dunkleres Rot benutzt«, sagte Achtendorf.

Lehnartz und Meyers lachten.

Achtendorf klopfte sich auf die Schenkel.

»Alter schützt vor Torheit nicht«, sagte er. »Ich habe mich wohl täuschen lassen.«

»Dann steht einer Fahrt nach Wilhelmshaven eigentlich nichts im Wege. Unser Schauspieler tritt heute Abend dort in seiner Starrolle als Ingenieur Dynamos vor ein von der Landesbühne verwöhntes Publikum«, sagte Lehnartz.

»Wenn das so ist, dann wird es mir schwerfallen, das Vertrauen des Damenkränzchens zurückzugewinnen«, erwiderte Achtendorf.

»Willy, bei deinem Charme!« frotzelte Lehnartz.

»Wann fahren wir?« fragte Achtendorf.

»Wir nehmen die Fähre um 19 Uhr«, sagte Meyers.

Um zwanzig Uhr legte die Frisia III in Norddeich an. Fischkutter liefen mit strahlenden Positionslichtern aus. Im Fährhaus saßen Gäste hinter erleuchteten Fenstern. Meyers steuerte ihr Dienstfahrzeug auf den Parkplatz des Hotels. Ein Polizeibeamter erschien und überreichte ihnen den Haftbefehl für Hannes Reglow, den mutmaßlichen Mörder. Sie fuhren los.

Dunkelheit lag über den weiten Weiden, und Jever wirkte verschlafen, als sie die Stadt passierten. Sie unterhielten sich und rauchten Zigaretten. Selbst die breite Zugangsstraße in Wilhelmshaven wirkte tot. Die Olympia AG war für die Nachtschicht in helles Licht getaucht. Gespenstisch leuchtete das blaue Transparent mit der Aufschrift ›Kripo‹, am Gebäude in der Peterstraße. Meyers hielt den Wagen an. Achtendorf schaute auf die Uhr. Es war einundzwanzig Uhr und fünfzehn Minuten.

Lehnartz verließ den Wagen, überquerte die Straße und betrat das Polizeigebäude.

Der Spätdienst war informiert. Zwei Beamte der Schutzpolizei folgten ihnen. Es war nicht weit bis zum Stadttheater.

Meyers parkte den Wagen vor der Stadtsparkasse. Der kleine Platz lag im Schein der hochstelzigen Straßenleuchten.

Das Foyer strahlte Ruhe aus. Die Kristalleuchter warfen nur mattes Licht. Spiegel klebten auf grünem Samt. Schwatzend standen die Garderobenfrauen hinter ihren Tresen. Eine kleine Sektbar bereitete sich auf den Ansturm der Besucher vor.

Zwei Herren, sie trugen dunkle Anzüge, unterhielten sich vor einer Fensternische.

Kriminalrat Lehnartz näherte sich ihnen.

»Entschuldigen Sie bitte, ich suche Herrn Dr. Zürmatt«, sagte er höflich.

»Sind Sie von der Presse?« fragte einer der Herren im schweizerischen Dialekt, und Lehnartz wußte, daß er mit dem Regisseur sprach. Sein Vollbart und die Brille erinnerten ihn an den Schauspieler Reglow.

»Ich bin Dr. Zürmatt«, bestätigte der Herr.

»Kann ich Sie für einen Moment sprechen?« fragte Lehnartz.

Neugierig folgte der Schweizer dem Kriminalrat einige Schritte in die Mitte der Halle. Lehnartz hielt ihm die Polizeimarke hin.

»Ich bin Kriminalrat Lehnartz. Für uns ist es wichtig, Ihren Schauspieler Hannes Reglow nach der Vorstellung zu sprechen«, sagte er.

Auf dem intelligenten Gesicht des Regisseurs bildeten sich Falten.

»Stimmt etwas nicht?« fragte er nervös.

»Es handelt sich um eine Familienangelegenheit«, antwortete Lehnartz.

»Mir ist überhaupt nicht bekannt, daß Hannes Angehörige hat. Er gehört seit vielen Jahren unserem Ensemble an und steht nun vor einer großen Karriere«, sagte Dr. Zürmatt, als wollte er bereits jetzt etwas für den Ruf seines Schützlings unternehmen.

»Herr Doktor Zürmatt, wir möchten kein Aufsehen erregen. Es liegt nicht in unserem Interesse, die Presse auf den Plan zu rufen. Wir wären Ihnen dankbar, wenn Sie es arrangieren könnten, daß wir mit Herrn Reglow unbeobachtet ein Gespräch führen«, sagte Lehnartz.

»Ich verstehe, wir haben für unser Beisammensein nach der Vorstellung das Clubzimmer reservieren lassen! Ich werde Sie hinführen. Dort können Sie Hannes erwarten«, sagte er, schritt voraus und wunderte sich kurz über die Begleitung des Kriminalrates.

Sie verließen das Foyer. Tosender Beifall klang aus dem Theatersaal herüber. Sie gingen durch das fast leere Café ins Clubzimmer.

»Warten Sie hier. Die Bedienung wird sich gleich um Ihre Getränkewünsche kümmern«, meinte Zürmatt. Sein Mißmut wies darauf hin, daß er Schwierigkeiten erwartete.

Die Bedienung erschien. Sie bestellten Kaffee, den sie nur aus Langeweile, ohne echten Durst, zu sich nahmen.

»Wenn das hiesige Publikum so lange wie in Emden applaudiert, müssen wir uns in Geduld fassen«, sagte Lehnartz. Sie hörten, wie das Café nebenan sich langsam füllte. Die Vorstellung war demnach zu Ende, und gespannt erwartete man den Helden.

Als sich die Tür öffnete und Dr. Zürmatt mit Hannes Reglow das Clubzimmer betrat, drang der Beifall der Besucher aus dem Café zu ihnen herüber. Der Regisseur zog die Tür hinter sich ins Schloß. Der Schauspieler schaute Achtendorf verwirrt an. Seine Lippen zitterten, als er ungläubig fragte:

»Sie hier?« Seine Blicke huschten über die Anwesenden. Achtendorf erhob sich.

»Sie finden mich in Schwierigkeiten, denn ich weiß nicht, unter welchem Namen ich Sie ansprechen darf«, sagte er.

Der Schauspieler antwortete nicht. Seine Hände verkrampften sich ineinander.

Er trug noch das Sacko und die Hose seiner dramatischen Bühnenrolle.

»Herr Doktor Zürmatt, aus gegebenem Anlaß sage ich besser Herr Regisseur, warten Sie doch bitte solange im Café, bis wir Sie zu uns bitten«, sagte Lehnartz höflich. Dr. Zürmatt verließ verwirrt das Clubzimmer.

»Herr Reglow, nehmen Sie bitte Platz«, forderte Achtendorf den Schauspieler mit sachter Stimme auf und schob ihm einen Stuhl zu. Der Schauspieler setzte sich. Sein Blick glich dem eines gejagten Tieres.

»Was wissen Sie«, fragte er hilflos.

»Vieles«, antwortete Achtendorf knapp.

»Hat meine Mutter ge . . .«. Er sprach nicht weiter und preßte seine Lippen aufeinander.

»Nein, das hat sie nicht! Im Gegenteil! Sie steht wohl

hinter Ihnen! Aber nicht an Ihre Mutter haben wir Fragen zu richten. Von Ihnen erwarten wir eine Stellungnahme. Haben Sie Harry Kühnast und dessen ehemalige Komplizin Alice Wallmann ermordet?« fragte Achtendorf konsequent und hart.

Hannes Reglow, der Schauspieler, legte seine Hände vors Gesicht und begann zu schluchzen.

Im Clubzimmer lag ein eisiges Schweigen. Betroffen schauten die Beamten den Mann an, der hier als Held gefeiert wurde.

Nach Sekunden stöhnte Hannes Reglow: »Jetzt, nachdem ich den Durchbruch endlich geschafft habe!«

»Herr Reglow, Ihre Rolle als Ingenieur Dynamos war zweifellos eine Spitzenleistung der Theaterkunst«, sagte Achtendorf beruhigend.

Der Mime hielt seine Hände weiterhin vor dem Gesicht.

Tränen begannen die Schminke aufzulösen.

»Meine Familie hatte mich ausgestoßen! Für sie war ich ein Schandfleck! In Lörrach habe ich bei der Müllabfuhr gearbeitet, um mir das Geld für die Schauspielschule zu verdienen. Gehungert habe ich und in abbruchreifen Buden auf bessere Zeiten gehofft!« Hannes Reglow nahm die Hände vom Gesicht. Er blickte starr vor sich auf den Boden.

»Und die besseren Zeiten kündeten sich an?« fragte Achtendorf. Reglow hob den Kopf. Seine Augen glühten vor Stolz. So, als erinnerte er sich an eine glückliche Zeit, sagte er lächelnd: »Ich habe meinen Weg gemacht! Meine Opfer waren nicht umsonst gewesen. Ich bekam die Rolle des Ingenieur Dynamos in ›Paradiesblumen‹ und konnte zeigen, was in mir steckt.«

»Und auf der Woge des Erfolges erreichte Sie der

Brief von Dr. Rittersporn mit der Kopie der Detektei ›Interlux‹«, sagte Achtendorf.

Hannes Reglow rieb nervös seine Hände über seine Schenkel. Er blickte gehetzt um sich:

»Das wissen Sie?« fragte er. Achtendorf nickte.

»Sie hatten Angst, Ihre Mutter könnte das väterliche Kapital aufs Spiel setzen! Doktor Rittersporn öffnete Ihnen die Augen, in welcher Gesellschaft sie verkehrte«, sagte Achtendorf.

Reglow begann sich zu sammeln. Er hob den Oberkörper an und so, als hätte er eine neue Rolle übernommen, antwortete er in lockerem Ton:

»Herr Achtendorf, als Schauspieler bin ich abergläubisch. Es gibt gute und böse Geister! Ich hatte es geschafft, ganz aus eigener Kraft. Mein Name erschien in den Zeitungen. Sehen Sie, wenn man berühmt ist, beginnt auch die Presse sich für einen zu interessieren. Sie kennen das. Irgendeine Boulevardpresse hätte in meinem Vorleben herumgeforscht und mein Pseudonym gelüftet. Ich fürchtete um meinen mühsam erworbenen guten Namen, wenn Mutter Opfer dieser Bordelldame und des Testamentjägers werden würde. Außerdem fürchtete ich, mein Erbe, mein Vermögen zu verlieren, mit dem ich fest gerechnet habe. Ich wollte mir ein eigenes Theater bauen, eine eigene Bühne, selbst Stücke inszenieren, nicht nur Rollen spielen. Ich wollte . . . Ich wollte so vieles. Und ich sah, wie alles in den Klauen dieser beiden Verbrecher zu landen drohte.

Trotzdem, ich weiß nicht, ob ich Harry Kühnast tatsächlich getötet hätte, oder ob ich ihn nur erschreckt und aus unserem Leben verjagt hätte. Aber als ich ihn dann mit meiner Mutter im Bett vorfand . . .«

»Sie nutzten also die Unterbrechung der Tournee,

um nach Norderney zu reisen?« unterbrach ihn Achtendorf.

Der Schauspieler lachte hochmütig. »Irrtum. Ich selbst sorgte für die Unterbrechung! Vor unserem Erfolg mit ›Paradiesblumen‹ war ich ein Niemand! Doch nun, als Star, konnte ich mir so gut wie alles leisten – auch vierzehn Tage Erholungsurlaub auf Norderney.«

»Sie suchten Entspannung! Zum Einen verhalf die Kur Ihnen zu neuen Kräften, und zum Anderen . . .?« fragte Achtendorf.

Es war ruhig im Clubzimmer des Theatercafés. Alle starrten gebannt auf den Mann, der, als befände er sich wieder auf der Bühne, sein Publikum zu faszinieren begann. Seine Augen zeigten einen irren Glanz, als hätte er Satan selbst gesehen.

»Weder mein nichtsnutziger Bruder Olaf noch meine sündige Mutter haben mich erkannt, als ich mich im Sanatorium einmietete. Ich besaß eine Gehilfin, nämlich meine Geliebte, Erika Hobala. Die Behörde genehmigte ihr eine Kur. Sie konnte alle Beteiligten beobachten! Doch vorher hatte ich nach vielen, vielen Jahren erstmals wieder die Villa meines Vaters besucht. Ein bitterer Gang! Ich mußte hungern, dort herrschte der Luxus, den ein Typ wie Harry Kühnast für sich zu nutzen begann!« deklamierte Hansky, als handelte es sich um einen Bühnentext.

Stolz blickte er um sich, als erwarte er Beifall.

»Herr Hansky, zu der Zeit lag es wohl noch nicht in Ihrer Absicht, in die heile Welt Ihrer Mutter einzugreifen?« fragte Achtendorf.

»Oh, ich glaube schon! Ich fand ein Album. Es war gefüllt mit Bildern meiner Mutter, die Harrys Hände hielt. Mein armer Vater hatte diese Frau geliebt! Als er feststellte, daß sie ihm nicht allein gehörte, wollte er sich mit ihr umbringen und uns als reiche Waisen hinterlassen! Mutter überlebte wie durch ein Wunder, nur um die Gespielin eines smarten Altweiberschänders zu werden!« sagte er giftig.

Kriminalrat Achtendorf setzte nach, denn dem gesprächigen Schauspieler war nicht bewußt, daß er dabei war, sich einem Geständnis zu nähern.

»Herr Hansky, Sie sind in Ihrer Verzweiflung zu Dr. Rittersporn gegangen. Sie fanden bei ihm nicht nur Trost, sondern auch Aufmunterung.«

»So war es. Er hat mir von seinem neuen Hobby erzählt, dem Detektivspielen, und zu welchen Ergebnissen er gekommen war. Wissen Sie, wie er sich selbst titulierte? Privat-Kommissar! Verzweifelt habe ich den ›großen Freund‹ unserer Firma verlassen und bin zurückgegangen in unsere Villa. Dort habe ich mich ausgeheult und neuen Mut gefaßt. An der Wand des Wohnzimmers entdeckte ich die Geschenke des falschen Hengstes. Die antiken Messer hingen dort wie Requisiten für einen Bühnenkampf. Ich hielt sie für Liebesgaben dieses Sexgangsters! Bisher hatte ich nur Rollen gespielt, die Autoren sich ausgedacht hatten. Warum sollte ich mir nicht einmal im Leben einen eigenen Text schreiben? Ich habe die Messer vom Haken genommen, denn sie gehörten nicht zu meinem und auch nicht zum Leben meines Vaters! Ich schwang mich auf zum Regisseur!«

»Sie verkleideten sich als Dr. Zürmatt und benutzten seinen Namen«, sagte Achtendorf.

»Ja, ich kannte das Sanatorium bereits, denn Erika hatte mir die Räumlichkeiten beschrieben. Das Wetter kam meinen Absichten entgegen. Ich setzte mir eine Frauenperücke auf, in meinem Rucksack befanden sich ein Messer und eine Pistole. Über die Kiefer gelangte ich auf das Fenstersims. Dort erwartete mich die Hölle! Meine Mutter, die, wie ich dachte, gelähmt und auf den Rollstuhl angewiesen war, tobte sich kess und keck in unwürdigen Posen mit dem Schwein auf dem Bett aus. Ihre Liebesakte waren abscheulich! Meinen Vater habe ich nie sonderlich geliebt! Doch was sich dort meinen Augen bot, das entwürdigte sein Ansehen! Hilflos kauerte ich hinter dem schützenden Vorhang auf dem Sims und wußte nicht, wen von beiden ich mehr hassen sollte. Als Kühnast und auch Mutter die Kräfte verließen, klopfte jemand an die Tür. Die beiden kleideten sich an und Mutter fand sogar ohne Hilfe zurück in ihre Wäsche und ihr Kleid. Scheinbar wehleidig nahm sie ihren Platz im Rollstuhl ein. Kühnast legte die Hände auf die Griffe des Rollstuhles und öffnete die Tür. Mir blieb fast das Herz stehen, als ich nach Jahren zum erstenmal wieder meinen kleinen Bruder Olaf sah. Er war erwachsen geworden – zumindest was sein Äußeres anging. Er nahm den Rollstuhl in Empfang und fuhr Mutter aus dem Zimmer. Ich beobachtete Harry Kühnast! Das Schwein richtete das Bett und schaltete danach, mit sich ganz zufrieden, den Fernseher an. In Texas räumte John Wayne auf. Hier wollte ich für Recht und Ordnung sorgen. Ich bin in das Zimmer gesprungen, habe das Fernsehgerät abgestellt und dem St. Pauli-Bubi, der nach unserem Vermögen geiferte, die Pistole auf die Brust gesetzt. ›Hänge deinen Tarnanzug schön auf einen Bügel! Lege Hemdchen und Höschen artig auf den Stuhl!‹ habe ich befohlen. Er gehorchte mit vor Wut verkniffenem Gesicht. ›Anbetungswürdiger Adonis, lege dich auf das gemachte Bettchen‹, forderte ich ihn auf. Nackt stand er vor mir. ›Na, wird es bald!‹ habe ich gesagt, doch plötzlich ging er auf mich los. Ein Warnschuß, der seinen Fuß streifte, machte ihn gefügig. Bleich vor Angst kroch er auf das Laken. ›Lege deine Hände hübsch um deinen Hobel‹, habe ich ihn angeschnauzt, dann habe ich seine Handgelenke mit einem Gürtel verschnürt. Ich mußte an Vater denken. Eine tiefe Empörung ergriff mich. Ich holte das Messer aus meinem Rucksack und stach zu.«

Holger Hansky blickte sie der Reihe nach an. Wieder schien er auf Applaus zu warten.

»Herr Hansky, trotz des prasselnden Regens hinterließen Sie keine Spuren«, stellte Achtendorf fest. Der Schauspieler grinste stolz.

»Das Auflegelaken, auf dem er es mit Mutter getrieben hatte, hatte Kühnast vorher abgezogen und unter das Bett geschoben. Mir diente es als Scheuerlappen. Danach landete es im Container«, antwortete er.

»Dann nahmen Sie den Lippenstift Ihrer Mutter von der Spiegelablage und schrieben ›Love Harry‹ auf den Bauch des Opfers«, folgerte Achtendorf.

Der Schauspieler schaute den Kriminalrat irritiert an.

»Nein! Warum hätte ich das tun sollen? Ich habe keinen Lippenstift gesehen«, antwortete er.

Im Clubzimmer lag tiefes Schweigen. Niemand wagte, etwas zu sagen. Achtendorf dachte verwirrt an die Gräfin von Akazienhain, deren Lippenstift in seiner Jackentasche steckte. Hansky hatte ein glaubwürdiges Geständnis abgelegt. Warum sollte er jetzt lügen. Er hörte, wie Lehnartz eine Frage stellte:

»Herr Hansky, Ihr erster Mord entsprang Ihren enttäuschten Gefühlen. Das Opfer hatte Sie und – wie Sie glaubten – auch Ihren verstorbenen Vater zutiefst gedemütigt. Aber warum töteten Sie Frau Alice Wallmann, von der Sie wußten, daß diese in jungen Jahren als Erna Kinkel für Herrn Kühnast auf den Strich gegangen war?«

Der Schauspieler schaute Lehnartz irritiert an. Sein Blick wanderte zu Achtendorf. So, als wolle er seine Antwort besonders betonen, streckte er den Oberkörper vor.

»Ich bin zu meiner Mutter gegangen.« Er kicherte. »Die Rückkehr des ungeliebten Sohnes, Sie hörte sich ungerüht meine Vorwürfe an. Auch als ich ihr meine Tat gestanden hatte, blieb sie äußerst kühl. Ich habe ihr meine Zimmernummer mitgeteilt, ihr das zweite Messer auf den Schoß gelegt und ihr gesagt, daß ich meine Zimmertür nie abschließen würde. Es war eine Einladung. Aber wie Sie sehen, lebe ich noch! Dafür ist Alice Wallmann tot.«

»Wurden Sie zum Mordgehilfen Ihrer Mutter?« fragte Achtendorf.

»Nicht ich, sondern Mutter besaß die Waffe und den nötigen Haß! Außerdem glaubte sie, meine Kenntnisse über Kühnasts Vorleben würden dem Bordellmilieu der Hamburgerin entstammen. Frau Wallmann hingegen hatte in Mutter nur eine Nebenbuhlerin gesehen, deshalb nahm sie an, daß Mutter nicht die Mörderin gewesen sein konnte. Die Bordellbesitzerin war fest davon überzeugt, daß die adeligen Damen Harrys Leben beendet hatten oder ihn hatten umbringen lassen. Eine Ironie des Schicksals! Nun verband tiefe Trauer die beiden Geliebten des Opfers. Mutter fiel es sehr leicht, die Hamburgerin zu einem späten Spaziergang zu bewegen. Ihr Mißtrauen gegen die Gräfin, Frau

Dr. von Keppler und Frau von Windbach sorgte für genügend Gesprächsstoff, während Alice Wallmann Mutter im Rollstuhl über die abendliche Promenade am rauschenden Meer entlang fuhr. Für die Wallmann muß es ein Schock gewesen sein, als Mutter aus dem Rollstuhl sprang und die verblüffte alte Frau mit vorgehaltener Pistole dem Meer entgegengtrieb. Aus Angst um ihr Leben und völlig verwirrt, ließ sie sich willenlos an den Pfahl binden. Mutter gab ihr mit dem zweiten Messer den Gnadenstoß.«

»Herr Hansky, wir besitzen einen Haftbefehl. Es ist Ihnen überlassen, alles zu widerrufen, was Sie uns hier vorgetragen haben«, sagte Achtendorf.

Holger Hansky erhob sich. So, als beabsichtigte er, als Hannes Reglow vor der Bühne abzutreten, verbeugte er sich.

»Herr Hansky, uns verhalf belastendes Material, das uns ein gewisser PKR aus Lörrach zugestellt hat, Ihre Spur zu finden.«

Hansky lächelte mitleidig. »Können Sie sich immer noch nicht denken, wer das war? PKR! Hah, typisch. Es handelt sich um die Namensabkürzung des Siegers«, sagte er.

»Es gibt keinen Sieger in diesem Fall! Zwei Tote und zwei Mörder, das ist eine traurige Bilanz«, sagte Lehnartz wütend.

»Mit Bilanzen beschäftigt sich auch PKR! Wer soll den Konzern weiterführen? Mein Bruder Olaf sitzt im Gefängnis. Mutter und mich werden die Richter verurteilen. Sieger bleibt: Privat-Kommissar-Rittersporn, der dritte und bei weitem erfolgreichste Regisseur in diesem Drama!« antwortete Hansky und spuckte angewidert auf den Boden.

Achtendorf und Lehnartz nahmen den Schauspieler in die Mitte und führten ihn ab. Als sie das Café durchquerten, spendeten die Gäste Hannes Reglow spontanen Beifall. Dr. Zürmatt drückte seinem Schauspieler, mit Tränen in den Augen, die Hand.

Die Stadt schlief bereits. Das Gefängnis, von dem nicht einmal alle Bürger wissen, daß es existiert, lag in unmittelbarer Nähe hinter einigen alten Fassaden. Die Beamten blickten Hansky hinterher, als er aufrecht von den Kollegen der Schutzpolizei zu den Wärtern geführt wurde.

Lehnartz hatte im Hotel Heideloh Zimmer bestellt. Auch dorthin betrug die Fahrzeit nur wenige Minuten.

Die Hotelbar war von einigen Vertretern besucht. Die Beamten setzten sich an einen Tisch.

Die Morde waren aufgeklärt! Der Rest war Routine. Sie bestellten Bier und Corvit, prosteten sich zu und suchten nach Antworten auf offengebliebene Fragen.

Kriminalrat Achtendorf hielt den hochgeschraubten Lippenstift an das Licht, das aus einer bayerischen Lampe in Glockenform auf den Tisch fiel.

»Die Gräfin von Akazienhain benutzte ihn, um ›Love Harry‹ auf den Bauch des Opfers zu schreiben«, sagte er überzeugt. »Sie wird sich die Perücke übergezogen haben, um nachzusehen, was los war. Die adeligen Tanten hatten den Abstieg Holger Hanskys beobachtet. Es ist anzunehmen, daß sie vergeblich an Harrys Tür geklopft haben. Couragiert stieg die Gräfin in die Kiefer. Voller Freude über den Tod des Casanovas, der sie und ihre Freundinnen geprellt hatte, schrieb sie ihm den Abschiedsgruß auf den Körper, machte hinter sich sauber und verließ das Zimmer wieder über die Kiefer«, sagte Achtendorf.

»Das Labor wird uns die Bestätigung liefern müssen«, meinte Lehnartz.

»Dann feierte das Adelskränzchen mit Sekt und im Kerzenschimmer das Ableben des gehaßten Frauenhelden«, sagte Achtendorf überzeugt.

»Ob sie eine strafbare Handlung begangen haben, das soll der Amtsrichter feststellen. Ich jedenfalls zolle den blaublütigen Weibern meinen Respekt«, sagte Meyers und goß einen eiskalten Corvit in seinen Magen.

Achtendorf reckte sich, als wollte er alle üblen Gedanken von sich abstreifen. Er atmete tief durch und meinte:

»Ich zolle meine Hochachtung einem teuflischen Verbrecher, der als Drahtzieher im Hintergrund den Beteiligten ihre Rollen zugewiesen hat. Er ist in der Tat ein großer Regisseur! Ich bin mir meiner Sache sicher, daß Monsieur Jacques Nevatier und sein Kollege, René Parkuse, in den Unterlagen der Alice Wallmann einen Brief des Managers, Dr. Rittersporn, ausfindig machen werden, der die alte Dame von der Seine nach Norderney gelockt hat.«

Achtendorf griff nach dem kleinen Glas mit Corvit und sagte angewidert: »Einen Schluck auf den Satan im Schwabenanzug.«

Auch Lehnartz trank sein Glas leer.

»Der Manager des Konzerns Hansky GmbH und Co.KG kann einen großen Sieg verbuchen. Ob er allerdings die Herren des ›Spiegels‹ zu sich bitten wird, das scheint mir zweifelhaft«, sagte Lehnartz.

»Die Söhne des Firmengründers sitzen hinter Gittern. Morgen wird die attraktive und listenreiche Witwe festgenommen. Das Handelsimperium wird expandieren. Der Held kann sich brüsten, der Gerechtigkeit einen Dienst geleistet zu haben«, sagte Meyers.

»Nur Olaf Hansky geriet ohne seine Intrigen in kriminelle Verstrickungen«, meinte Achtendorf.

»Vielleicht auch nicht. Wir werden es nie beweisen können, aber vielleicht hat Doktor Rittersporn den Jungen in irgendeiner kritischen Phase mit Schulden sitzen lassen und damit zu seinen Diebstählen angestiftet«, sagte Lehnartz und bestellte eine Runde Bier.

»Wie sagte er doch sinngemäß?« meinte Meyers verächtlich. »Produzieren ist kein Problem, aber die Dinge an den Mann zu bringen, das ist die Kunst unserer Zeit.«

ENDE

Bei einer Konzerttournee auf Norderney feiert die polnische Geigerin Olga Stocheck nicht nur rauschende Erfolge, sondern begegnet auch der Liebe. Franz Uhlendorf ist ein wohlhabender Unternehmer, der sich als Ruheständler auf der Insel niedergelassen hat. Die beiden genießen ihre Zweisamkeit und beschließen schon bald zu heiraten. Ihre erwachsenen Kinder gönnen ihnen ihr Glück.

Doch während der Hochzeitsfeier geschieht das Schreckliche: Franz Uhlendorf stürzt stark angetrunken von der Treppe des ›Seglerhauses‹ auf den Kai. Der herbeigerufene Arzt kann nur noch den Tod feststellen. Er schließt Fremdeinwirkung aus. Dann jedoch führt ein spektakulärer Einbruch in ein Norder Musikhaus die Kripo auf eine Spur, die auch den Sturz des Unternehmers in einem anderen Licht erscheinen läßt. Der Fall nimmt eine überraschende Wendung …

ISBN 3-404-14541-0

BASTEI LÜBBE

Gnadenlose Spannung für mehr als einen Inselurlaub

Auch in diesem Sammelband macht Theodor J. Reisdorf, der Meister des Friesenkrimis, die Nordsee einmal mehr zur Mordsee. Juist, Borkum und Baltrum sind die Schauplätze seiner drei Romane, in denen die Urlaubsatmosphäre jederzeit tödlich enden kann. – Reif für die Insel? Dann vertrauen Sie sich Ihrem Reiseführer Theodor J. Reisdorf an. Er wird Sie auf eine mörderische Sightseeing-Tour entführen ...

ISBN 3-404-14722-7

BASTEI
LÜBBE

Der erste Fall des Brisbaner Detectives Shane O`Connor

In einem verschlafenen Nest im Westen Queenslands, Australien, entdecken Bauarbeiter eine halbverweste Leiche ohne Kopf. Handelt es sich um ein weiteres Opfer des Serienkillers, dem schon mehrere Frauen zum Opfer gefallen sind? Der Brisbaner Detective Sergeant Shane O`Connor soll ermitteln. Keine leichte Aufgabe, wenn Aborigine-Mythen die Untersuchungen erschweren – und ein Spitzenpolitiker, ein angesehener Farmer und der alte Dorfpolizist alles tun, um ein Verbrechen zu decken ...

ISBN 3-404-14821-5

Schlager, Stars und Leichen - ein Fall für Mira Valensky!

Wo ist das Leben noch friedlicher als in den Bergen? Wo die Welt heiler als dort, wo die Volksmusikanten von Heimweh und Herzschmerz singen? Doch das Idyll zerbricht, als das ehemalige Ski-As Downhill-Sepp – eben noch mit seinem Hit *Die letzte Abfahrt* im Fernsehen – tot vor seiner Garderobentür gefunden wird. Und dann wird auch noch der Regisseur der Volksmusiksendung von einem Scheinwerfer erschlagen. Angst macht sich breit unter den Jodlerinnen und gestylten Volks-Poppern, die Polizei tappt im Dunkeln. Kann die Journalistin Mira Valensky, unterstützt von ihrer zupackenden Putzfrau Vesna Krainer, den Fall lösen?

ISBN 3-404-14815-0

BASTEI LÜBBE